张芳 著

此情可待成追忆

中国国际广播出版社

序

一生传道授业解惑，学生不知其数，然几十年身旁耳畔"先生先生"（日语）叫着，却始终令我仰视之，芳草子是也。

如是感觉，始于五十多年前收到她的第一封回信。那是在"文革"初起，风雨如磐，我大学毕业即将远赴戈壁解放军农场接受再教育的前夕。

信封字迹让人眼前一亮，先自矮了三分；展读之际，更觉书气迎人。其文也清丽，温庄有度；其字也俊逸，挥洒自如。而她，只不过是一名有"敌台关系"的文科高考落榜生。

五十年执手人生，她从未因那次升学挫折停止过对文学，特别是对古代文学的笃爱与自修，并视其精髓为立身之本，浸染其中，循规蹈矩。

正因为如此，在那个传统文化被严重颠覆的年代，她自己深受出身之苦，却置根红苗正青云可步的军事院校理工男于不顾，偏偏心仪于知道茴香豆之"回"写法有四的"孔乙己"，尤其是他背后那个当时让人躲之唯恐不及的破落门第。

也正因为如此，读了那么多外国名著，唯有夏洛蒂·勃朗特笔下的简·爱让她视为神交。她向我推荐，与我深谈，告诉我简爱精神追求的步步升华每每让她萌生灵犀相通的亲切，我甚为理解。

光阴荏苒，我们在种种不合时宜中转瞬皆逾古稀。动员再四,《此情可待成追忆》与《芳草子行书》被允付梓。能鼓得动她,着实不易。

妻性本真,忌张扬,讳铺排,诸事概莫能外,书法亦然,只作为一种丰富自身素养的兼收并蓄。平日里忙工作,忙家务,忙读书,忙种花……从不炫博示雅。如若字可算作一种潜质,那也只实用于工作,流露在不经意间。不乏开口索要者,但她向以"书法素人"赔罪推脱。只为我博士生出版专著题笺一次,恳请难辞,算是破例。

妻的书作,首先得益于对美的敏感,而后师法先贤,博采众长,自成一体。她重视谋篇布局,每幅作品都力求成为一个独立的艺术生命。观者常有不似女子手笔之说,有如是感,当与她男子般豁达、包容的性情有关,亦如她不随流习炫大,一帧如帕,情含其内,趣蕴其里,恰似做人的刻意收敛。

妻为文亦如习字,皆系毫无功利的兴之所至。她精神世界丰富,情趣高雅,感受敏锐;她爱憎分明,悲天悯人,多愁善感,动辄泪眼朦胧,高兴了又能乐得像个孩子。她看似简单,却善于在琐事里小中见大,惯常处窥见典型。

一旦生真情，有实感，便有付诸笔端的冲动，且常是氤氲日久方动笔，未满千字已徘徊。及至成文，更是不惮千回改，一副"要呕出心乃已"的架势。

她行文不无病呻吟，不云天雾地，字里行间，率真时现，通篇是真爱真恨真慕真痛真欢忭真叹息。因书中所叙多系共同经历，朝夕谈资，读之格外亲切，每每在质朴中见真性情，隐隐然感到一股不吐不快的情绪涌动。

华夏自古多好女。她们不乏才干，对自身亦颇有期许，却心甘情愿为家庭牺牲埋没。妻才疏学浅，算不得此辈中佼佼者，但若论为家族文化兴衰与家族的凝聚尽心竭力，为成就我和孩子一再放弃梦寐以求的深造机会，当够得上其中之一。噫！此吾三生之幸也，又何忍其文其字萤荧之光倏灭于家族后世。偏爱乎？少见多怪乎？请君明鉴。

马歌东　2018年9月18日　金婚纪念　于杭州

附记

此序共用于《此情可待成追忆》与《芳草子行书》。

骥儿、骁儿依旧请求为两书付资，婉辞数次，顺之。

— 4 —

1
序（马歌东）

目录

001
有家有家在东河

012
四则运算进行曲

021
环溪行

030
片儿土

042

重返伊甸园

048

非常伴侣

064

顿悟之后

073

敢问路在何方

095

寄居

105

懂你

112

再说懂你

117

牡丹鹦鹉

123

"一夜成龙"与虹桥垮塌

127

空巢

144

默想之家

151

日本昔话启示录

166

冲绳,我为你祈祷
——写在反法西斯战争胜利七十周年的日子

174
遥远的天边有棵松

185
道义古今

191
《马氏中山篆作品集》后记

196
马氏中山篆：一种新书体的前世今生
——《马氏中山篆书谱》后记一

207
多余的话
——《马氏中山篆书谱》后记二

214
一个偶然的传奇
——《马氏中山篆字源考辨》后记

有家有家在东河

上世纪80年代初一个初冬的清晨，因出差首次南下。北方已经一派肃杀萧瑟，那里却青草不衰，空气温润。一处水塘时见的乡镇野外，一座横跨河川的石拱桥梁，一片桥上桥下一河两岸熙熙攘攘的集市盛况，几个河边汲水、淘米、洗菜的人……从缺水的黄土高原走来，平生只知桥是一种供人匆匆而过的通行设施，或架之深谷，或跨于激流，或横置河沟；缺之，人们便只能空对着欲去不能的方向望而兴叹。当第一次看到水乡之桥竟与人能那样地亲密，那样地息息相关相依为命，它的生命意想不到地鲜活灵动起来，那份人桥之间从未有过的美好、甜蜜，乃至可遇而不可求的艳羡、向往，油然心生。

早年匆匆一面，梦里寻它千百度；半生机缘巧合，梦想成真。广安新桥，比邻而居，朝夕相望，一个填补内心空档的地方。

眼前的它同样是一座典型的江南石拱桥，所谓"新"，也已是清顺治年间重修后的称谓。它下面的东河开凿于更早的五代，原本是一条贯通钱塘江与京杭大运河的护城之河，元末城区东扩，遂成内河。在杭城史上，该河一直是城外农家向城内供应蔬菜的集散要地，所以广安新桥之前的角色，不言而喻。

不过，广安新桥较之那座远年梦中的乡野之桥，毕竟凭借东南形胜又隐匿于市,精于雕饰,古朴而不失雍容:但见桥洞半圆倒映水中似一轮明月半沉,游船远来镶嵌"月"中完美了一帧水墨丹青,桥头香樟伟岸杂木叠翠半隐桥身,直伸至高高的驼峰拱顶仍意犹未尽,触手可及,撩拨着来来往往的桥上行人。

最撩人的,莫过于两边缓缓而下的长阶上树荫下,三三两两,常坐有就地摆摊的近郊菜农。他们聚在一起,自产自销,演绎着现代版的"牛衣古柳卖黄瓜"。路人虽少,购买者也并不多,但千万别小瞧了这一抹极富情趣的点睛之笔,那是一方水土珍贵的文化记忆。遇到它,就依稀窥到了桥的前世,会浮想联翩;碰它不到,便顿觉怅然若失。作为一座旅游城市,它相当于北京现今所剩无几的四合院,西安书院门的明清风格建筑群,丽江四方街上的纳西族歌舞,周庄船家少女身上的青花土布裙……

常和先生特意来到这里,不图附近居民顺道的方便,只为亲身体味桥上特有的买与卖的过去。你来我往一番平实而亲近的言语交流,接过带着晨露的菜蔬转身伫立拱顶,远眺这深藏闹市、静悄悄流淌了千年之久的古老运河,仿佛经历了一次淳朴古风的穿行，尽管在一切皆都市化了的今天，这里所留下的，不过是早年市井常态的袅袅遗风。

若论方便，还有一座离家极近的太平桥，出家门不消五分钟。

它始建于南宋，历经多次翻新。2006年，我们定居此地的第三年，被重建为一座雕廊飞檐式廊桥。此种格式，也是现今东河之上的唯一。

较之广安，太平似乎更贴近民生。桥头尽管已无菜可买，桥身两边分别设有一行30多米长的靠背座椅，一年四季，从早到晚，对着那一川云霭氤氲、波光粼粼、烟柳披拂、画船游弋，歇脚的，闲坐拉话的，读书看报的，踌躇发呆的，上面鲜见空无一人。

盛夏这里最聚人气，每天清晨，两边长长的座椅上早早坐满了人，他们大多是来自附近行走不了太远的耄耋长者。桥当中人来车往络绎不绝，老人们被家门外的热闹包围着，被时有时无穿河而过的习习凉风抚慰着，充实、悠闲、淡定，直到接近晌午才逐渐散尽。

无论人多人少，太平桥，它总像自己的名字一样含情脉脉，维系着一河两岸浓浓的市井风情。

东河，全长4000余米跨桥15座，不可谓不多，其中不独为通行，兼具休闲功能者不少：空蒙苍茫之中，彩虹一道横空出世——离家稍远些的万安桥与解放桥之间新架的肋拱观景桥，堪为典型。单单为观景而建，自己也随之化成了一道美丽的风景，杭城人精神层面的追求与享受，可见一斑。

所有这些桥，或平式，或廊式，或拱式，或梁式……以视角而论，人在桥上，最可得河之风韵，但要真正领略桥的神采各异，以及人在桥上或动或静的凌空超然，恐怕还要数河两边的游步小道。

说起这游步小道，那可是东河又一不可小觑的大手笔。它出神入化，独具特色，完全融入在南国水畔市井的缩影之中。非常建议慕西湖之名来杭的客人到这小道上也走上一走，不要太长，只从解放桥向北1000多米，途经肋拱桥、万安桥、菜市桥、太平桥、凤起桥、广安新桥、宝善桥，直到衔接京杭大运河的坝子桥，因为据说这是东河最引人入胜的一段。

以本人之拙见，这一段的魅力首先得益于河床深深下陷于街市的地理落差：两边耸峙的居民楼高高在上，宽阔的绿化带缓缓而下，形成了一道近乎原生态的河谷，尘世的喧嚣被接连不断的高楼和绿化带上密密匝匝的古树阻隔着，河谷里恍如隔世，一条不见首尾的碧水安卧其中。

于是，游步小道在当代与古代之间左右逢源，河两边开阔而地势多变的绿化带，成了它大显身手游刃有余的极好铺垫。

小道的路面全部由石板铺就，与这一段犬牙差互的石磊河沿相映成趣。浅草丛花中，它崎岖蜿蜒，一会儿纤秀，一会儿宽展，跳跃起伏，错落有致，分分合合，时隐时现，与河床若即若离却始终并行不悖，调皮地、谜一样地向前伸延着，伸向临水的一个个现代化小区，伸向放翁笔下杏花春雨中的一条条深巷，伸向前边看不透的远方。

最爱东河行不足。我们非常高兴也非常庆幸能在家门口这条走不到头（力所不能及）的小道上来回踱步，从一座桥走向另一座桥,从一个码头走向另一个码头,从一处水榭走向另一处亭廊。我们出行的时间段行人一般较少,但偶尔能碰到遛鸟的,祖孙一起或打捞河里小鱼或捕捉树上知了的,聚在水榭上吹拉弹唱自乐的,坐在轮椅上被推着放风的,三五成群凑在水边拍婚纱照的……凡此种种,总能获得意想不到的愉悦与陪伴。加之宝善桥至坝子桥一带的水杉,广安新桥至凤起桥一带的香樟,太平桥至菜市桥一带的无患子,凤起桥南北两道长长的银杏,以及众鸟叽喳啁啾于头顶树冠,时花绽放于万绿丛中,群鱼嬉戏于清浅水岸,霜后雨霁,"碧云天,黄叶地,秋色连波,波上寒烟翠",等等等等,哪一片风光不赏心悦目,哪一道景致不令人沉醉其中呢?

令人沉醉的还有几处桥下甬道。走在稍暗的甬道里,甬道口画框般的局限和明与暗的光线反差,营造出一种"云深不知处"的曼妙,加上实景的不断变化,视野不断拓展,很容易让人产生柳暗花明、别有洞天的心动。

记得第一次从南向北走出宝善桥下面的水中甬道,还没有完全从水中穿行般的兴奋中转过神儿,眼前的一片佳境又让人为之一振：夹岸的两排参天水杉密密匝匝郁郁葱葱映出一河的阴凉；遥遥在望的坝子桥、凤凰亭巍峨而不失精巧灵秀；桥南树荫下始发码头，"野渡无人舟自横"，静悄悄停泊着一片游船；河对面三两个大人孩子在水边晃动着，恍若桃花源中人，顷刻间，怡然自乐，忘乎所以，仿佛自己也要遗世独立、羽化而成仙了。

有时会再努力一下一直走到东河汇入大运河的坝子桥头，放眼远远望去，东侧的拱宸桥、对岸的参差运河人家、眼底浩浩荡荡的水面上往来的一艘艘大货轮，以及船尾与机油味马达声和各种杂物和平共处的一盆盆鲜花……望着望着，逝水滚滚北去，不远万里，不舍昼夜，又让人在荡气回肠的同时，恍恍惚惚被带入隋炀帝以来发生在这里的一幕幕历史之中。

曾有友人发问：你如此地赞美东河，住在西湖岂不更好？

名满天下的西湖自然有她无与伦比的诱人之处，林逋的梅妻鹤子也着实令人神往。十年前初入杭时，曾不劳司机,婉谢陪伴,多次捧着地图自驾前往,遍走湖光山色的角角落落。两个人细细地,静静地,心无旁骛地,寻觅、品读、思索、喁喁私语,甚至驱车九里云松,畅游龙井、茶博、九溪、灵隐寺、梅家坞、西溪湿地……不仅为她的"水光潋滟""十里荷花",还为那触目青山半是茶和白云深处的茶社、人家。"老夫聊发少年狂",可谓"狂"得一塌糊涂!

但是,那里毕竟是"春风吹得游人醉"的天堂,缺少了一缕烟火之气。不瞒您说,也曾在斗室小住过几次,总觉得景过胜,人过稠,直把寸心无处安顿。

东河就有她无可替代的好:大隐隐于市,"市列珠玑""风帘翠幕",可以集游乐与度日为一体,闹中取静,动静只在须臾之间。

君不见,太平桥一带,超市、医院、银行、学校、菜市、饭店、丝绸街、小商品市场,林林总总星罗棋布,形成了10分钟徒步生活圈。由是,凤起路、庆春路到了这一带格外拥堵,从早到晚,特别是浙大第一附属医院门前,乃至其马路对面。然而,只要从脚步匆匆的人流裹挟中抽身掉头沿菜市桥头顺阶而下,眼前便会陡然一亮:好一个上下两重天!

西湖是盛宴,东河是家常便饭,盛宴不可顿顿,便饭则"食不厌精"。何况偶览西湖,何难之有?打车不过起步价,用不着舍弃这诸多的方便。

家住东河,一个可以在"帘儿底下听人笑语"的地方。

2016 年
杭州

附记

两月后，

乐孙回杭，

正东河"碧云天，黄叶地"，

隆冬如秋，

微雨有无，

伴爷爷、奶奶、爸爸同游，

持竿网得小鱼数十尾，

其乐无穷也。

2018 年

杭州

四则运算进行曲

　　杭城的春天脚步有点急,三月下旬,北方的花讯应该尚在姗姗迟步,这里已是芳菲满城艳阳天了。东河醉了,群芳次第闪亮登场,一川烟草,百般红紫,万种风情。春的惊喜不断被带进家门,怕留它不住,匆匆红谢,韶光不再，辜负了一年一度逝水流年，于是到东河走动的欲望更切，兴味更浓，尽管半年前膝关节置换，再不能由着性子大步流星。

重要的是无论如何不能露出破绽，要像月亮一样，总不以后脑勺示人。二十多年前，雪中跌倒，导致脊柱关节压缩性骨折，担架抬到床前，硬是让人搀扶着，咬紧牙关，一点一点挪步校医院，医生责怪说："你知不知道面临的是致瘫！"没办法，死爱面子活受罪。

于是一出楼门便叮嘱先生自顾先行，独自个儿作无事人状，慢条斯理地向目的地缓缓移步。慢是老年人的专利，一把年纪，想来不会引起熟人注意，如此，倒觉着自己多了一点斯文。

不过，我们的散步形式随之变成了一道四则运算应用题——甲乙同时从 A 地向 B 地出发，AB 间距 1000 米，甲每小时行 4000 米，乙的速度是甲的二十分之一，甲行至 B 地折回，甲乙会合点距 A 地多少米？甲乙会合后，甲又两次返至 B 地折回，后两次的会合点又分别距 A 地多少米？？？

嗨！记得少时连几何代数题都解得津津有味，天知道怎么竟让这所谓的 A、B、甲、乙绕得三昏六迷蒙头转向找不着北，并且始终都没能走出去。尤其不可思议的是，原以为往事早已如烟尽散，不料行年古稀，它竟还在这生命的末路上不依不饶地等着，好像在督导你必须补上这一课。

其实，四则运算在我们的散步史上并非首次：早前先生做完腰椎手术后的一段日子，我们就有过这样的经历。同一医院，同一病室，同一位医生，同样是 9 月下旬，整整隔了四个年头，我们经历了同样的腥风血雨。幸天佑人助，手术成功，总算都得以平安度过。

衰老的计时器一次次蜂鸣，前面的路之艰、之险，早已了然于心：觉醒在岛国深秋的一个夜半，暴风狂啸，"草拂之而色变，木遭之而叶脱"，秋风扫落叶，发人顿悟，当那道幽蓝色的不祥之光依稀可见在自己十丈红尘中脚步匆匆的时候，不觉一阵惊悸，一头冷汗，无尽感伤……那一年，四十四周岁，自此不敢再惑。

我们几乎每天坚持在四则运算进行曲中散步东河。病中人持之以恒，循序渐进，一点一点地改变着这道数学题的答案。

一天，甲早已没了踪影，乙形单影只，不紧不慢地在游步小道上挪动。虽累累繁花遮挡得小道扑朔迷离，能见度稍欠，但毕竟行人稀少，又是一条没有分岔的路，所以，只要花影中远远出现一个小小的黑点，心中便油然升起些许踏实——多半是甲已从 B 地折回来了。

四周静悄悄的，静得只能听到自己的脚步声。

忽然，"哒、哒、哒"，"哒、哒、哒"，寂静的河谷中响起怪异的、好像有点距离的、叩击什么东西的声音，节奏缓慢，音质清脆，响几声，停下来，再响几声，再停下来，断断续续却又十分清晰。乙随即收回望眼，停下脚步，好奇地在头顶树枝间四处打量，由近及远。是啄木鸟？抑或什么新落户的飞禽？开春后曾几次欣喜地看见两只不知名的灰白色大鸟雄飞雌从，时而水面低回顾影自怜，时而在两岸树冠间环绕盘旋。

目标未现，响声戛然而止，河水在悄无声息中流动，远逝；繁花在悄无声息中绽放，飘零。对面半天走来一位路人沉默着擦肩而过，好像什么都没有发生。

甲已经清晰可见了，乙接着与之相向而行，继续着那道一直没闹明白也懒得再去闹明白却反复实践着的四则运算。

"哒、哒、哒"，"哒、哒、哒"，那怪异的、有点距离的、多少让人有些不安的叩击声又响了起来，节奏缓慢，音质清脆，响几声，停下来，再响几声，再停下来，断断续续却又十分清晰。乙不能不再次止步，上下左右由近及远仔细地反复地好一番搜索，啊！目标终于显现了，就在对岸。真没想到，原来是一位孤零零的耄耋老妪，在那条前后不见人影的小路上，"策扶老以流憩"，拄杖缓行，拐杖敲击在石板路上，连连作响。老人家看起来九十左右，身材瘦小，一袭暗色着装，深深弓着的躯体硬邦邦干巴巴，似乎已经没了多少分量。我想，如果不是她手里那根拐杖不断敲击着脚下的石板，她行走的动静也不过就是擦地而过四散飘渺的风。

黄鹂婉转，布谷回应，模仿鸟鸣的口哨声一如既往地响了起来，脚步匆匆的甲已近在咫尺。乙急忙将食指竖在紧闭的唇上,一只手指着远处的对岸——一棵盛开的小海棠树前,影影绰绰,停着那位老态龙钟的孤影。只见她双手拄杖,上身非常吃力地向前探着,腰板儿与双腿折成一个僵硬的直角,好像被无情的钢钉死死固定,但面对一树千娇百媚的繁花,又非常努力地向上仰起脖颈,于是,银发皓首与横着的脊背折成了又一个直角。那银发皓首在我们的持续专注中,上仰片刻即下垂,下垂片刻又上仰,仰而复垂,垂而复仰,几番轮回,其艰难,其勉强,其固执,显而易见。

若非持续注目,乍看上去,海棠树下伫立的是一尊不屈的铁铸佝偻人形。我知道,那是一种常见的非常折磨人的脊柱疾病,顿时一阵心颤。

我想起了每天弯腰驼背拄杖而行与衰老顽强抗争的九旬老母。母亲常说:"走不动也得走,不然就会倒下,倒下就起不来了。"所以只要天气不是特别不好,她坚持每天由保姆搀扶着下楼两次,尽管为此摔过跤,受过伤,依然坚拒轮椅。

我非常佩服母亲对养尊处优拒绝的明智。她不是不知道"衰老和死亡的磁场会收走人间的每一颗铁钉",之所以如此顽强地坚持着,是在固守自尊的最后一寸土地。母亲为我树了榜样。

可眼前的这位长者更出类拔萃:她的身体状况显然要艰难许多,身边甚至连个关照的人都看不到,却难得她不仅能抱残守缺,还不甘于"良辰美景奈何天"。她依然对生活充满欲望,充满兴致,保持追求,与衰老共舞,并做得如此地自强自立,如此地让人叹为观止自愧弗如。

A与B环顾左右,窃窃私语,深怕此刻有路人冒出惊扰了老人,哪怕是在很远的地方,也十分担心一切意外的声音发出,企盼周围所有可以暂时停止的都停下来,停下来,为老人保持这方静谧的、温馨的、充满敬意和人文关怀的佳境。我甚至想起了远在挪威的一个被大山遮挡着太阳的养老院的故事——里边的老人们长期为荫翳煎熬,非常期盼太阳,一位身为义工的中国籍女孩的恋人跑到高山上竖起一面银亮的光板,把阳光折射到了这些风烛残年者的脸上、身上、心上。我甚至还想在此时此刻为老人家畅吟杜牧的《九日齐山登高》:

> 江涵秋影雁初飞，与客携壶上翠微。
> 尘世难逢开口笑，菊花须插满头归。
> 但将酩酊酬佳节，不用登临恨落晖。
> 古往今来只如此，牛山何必独沾衣。

不过我突然觉得自己有点可悲，觉得自己所有的所思所想都变得盲目、徒然、消极、毫无分量，甚至对老人家是一种冒昧，因为我从她那清脆的敲击石板地面的哒哒声中，分明感受到了一种挥别世界之前的内心的强大与自豪。对，强大与自豪！我不能不因此而自惭形秽。

人生是何等的无常，祸兮福所倚，福兮祸所伏。我们身边曾经有多少同路人走着走着不见了，无论贫富贵贱，无论得意还是失意，无论年长还是年少……每逢此刻，我们在或痛心疾首或扼腕叹息或兔死狐悲中，又有谁能主宰自己下一步的命运呢？而眼前这位老人家已经穿越了无数不测与不幸享年近百，还能以百年之残躯，不劳帮扶，我行我素，坦然自若目中无人地敲击着生命的音符独自出门去觅欢找乐。难道这样的长者不值得我们后生晚辈仰慕乃至肃然起敬吗？难道她老人家没有资格在我们面前自豪一把吗？也许，也许她比起一些书写人生到最后一息的名人志士实在是微不足道，甚至自己也从不思考庄周的四时运行，鼓盆而歌，曹操的"譬如朝露，去日苦多"，苏轼的"人生到处知何似，应似飞鸿踏雪泥"，文天祥的"人生自古谁无死，留取丹心照汗青"等等等等关于生命的哲思。也许她也没听过那首让人心潮澎湃的《船》的呐喊——"即使它们终于把我撕碎，变成一些残破的木片，我不会沉沦，决不！我还会在浪尖上飞旋……"但是，所有这些都与她抵死追求生命的完美毫无关系。她已经用自己的豁达与乐观深深地打动了我。她也是浪尖上飞旋的一小片不屈的残破，让我有如第一次看到断臂的维纳斯，禁不住湿了眼眶……

婀娜海棠，佝偻老妪，银发皓首仰而复垂，垂而复仰，一垂一仰，撼人心扉！

2015 年
杭州

环溪行

闻听2013年"全国改善农村人居环境工作会议"选址浙江桐庐环溪村,三面环水一面靠山的环溪由此被推为美丽乡村之最,不由心向往之。环溪……环溪……单是那令人无限遐想的村名,已足以促人蠢蠢欲动。

仲夏驱车前往，一路上幻想着那个美丽之最的倩影：莫非是山泉汨汨汇而成溪？莫非是溪水潺潺穿桥绕村？莫非村头有半亩方塘？莫非塘边有遮天古樟？……林林总总不一而足，满脑子的山村水乡原生态。

离开公路驶入连片的绿色田野，光洁的柏油路在田野上尽情舒展。田边地头的沟渠里，涓涓细流已经闪烁可见。环溪真意似乎初露端倪了。

环顾四野，交叉路口，有亭翼然。脚踩油门倏忽而至，不料，亭，黯然失色，"恍似瑶池初宴罢，万妃醉脸沁铅华"。但见山野之间，百亩芙蕖，婷婷袅袅，排闼而来。极目远望，绿意葱茏的大山脚下，粉墙黛瓦的水墨村边，高低参差的堤岸、沟坎，铺天盖地，恣意漫延，环溪无处不荷花！

迫不及待推门而出投身荷花世界，只觉得飘飘渺渺，恍恍惚惚，自己似乎也欲醉而成仙了。然低头细看，这里既似天上人间，也是农家赖以为生的良田，连片的荷塘高高低低，之间的田埂曲曲弯弯，塘水顺势环绕，游客徜徉其间，脚下有游鱼戏水，山坳有白鹭盘旋，想必月下还有蛙声一片。

为觅山水人家，误入荷花之国，乞浆得酒，何其有幸！

村口有石雕一尊，宋代理学鼻祖《爱莲说》作者周敦颐是也。碑文大意曰：环溪为周之后裔聚集地，周氏第十四代孙自明洪武年间迁居于此，至今已有六百二十余年建村史，村民多为周姓。周姓人不忘祖训家风，历来尊崇出淤泥而不染的莲文化。村里有"爱莲堂""尚志堂""安澜桥"，蔽日参天的香樟银杏、世代栖身的新居旧舍、安顿心灵的古刹祠堂，还有洁净的石板路、斑驳的卵石墙，清澈见底昼夜喧哗的急流飞湍……凡此种种，无不牢牢维系着环溪人祖祖辈辈不能割舍的乡恋。

非但本地人热恋这块风水宝地，听说不知是哪年哪月哪个朝代，一位和尚云游至此，对着这看不透的山、流不尽的水、爱不够的莲，沉思多日，遂化缘募捐，村口建寺，香火日盛，传承至今。

听说这位僧人，也系周姓。

可是在立碑之前，这种跨越时空跨越地域的姓氏渊源在外人眼里一直是个谜，人们对这个爱莲尚莲的周氏群体的来历愉快地接受着，善意地猜测着。直到2002年，一位在读大学生在上海图书馆里找到了已经泛黄的家谱，一代大师的后裔族群遂验明正身。

应该称道的，可远不只是这里优美独特的环境和骄人的文化底蕴，还有环溪人开放的襟怀、敦厚的大气。在各地景点票价不断攀升引发出游者频爆微词的当下，这里和她的杭州首府一样，观光无须掏腰包。景可以任意浏览随处逗留，或下川戏水，或登桥远眺；村可以自由进出四处游走，或驾车，或徒步；只当是街坊四邻串门，一切自便。若已尽兴，可扬尘而去一走了之；若未尽兴，颇具口碑的民宿可网上搜索对号入住，游乐中饿了渴了还有五花八门的餐饮随时提供。听说在最宜人的季节，不乏携家带口者在此逗留多日，几番来去，真可谓流连忘返。

之所以让人如此地眷恋不舍，还因为环溪周边另有三个与之相似的古村落——荻浦、深奥、徐畈，四个古村一水相连，形成了一条可供漫步的历史文化长廊：其中有罕见的森森古松坞，发达的地下水系构筑，保存完好的徽派建筑群、古戏台，乾隆皇帝御批的孝子牌坊，包括当地新开发的一大片花海的姹紫嫣红……她们各具特色，却一致地深沉优美，早已荣列浙江乃至全国历史文化村。

走出花海，想找户"农家乐"用餐。村口路遇一少妇主动带路，一路上说说笑笑听出对方不是本地人。一打听，原来是位千里迢迢嫁到村里的冀中姑娘。跟从她经过一番武陵人进桃花源般的七拐八绕，一座古建筑旁的小餐馆原来正是姑娘的家。热情的男主人同样一团和气，说自己去过姑娘的故乡："那地方，干巴巴的，到处尘土飞扬。"嘿！不屑和得意毫不掩饰。骤然想起某年北归，一进家门拿起水管对着窗外一棵灰头土脸的女贞就是一通洋洋洒洒，惹得路人频频回首。难怪眼前这只孔雀落脚东南。当然，不可否认，相对于南国的温润灵秀，北方也自有其不可替代的浩然之气。

不得不说，环溪魅力还幸在她隶属于桐庐。桐庐与环溪一样，亦因其极富诗意的名字使我自2002年与之结缘，并亲眼见证了她十多年来翻天覆地的演变过程。今天，无论客人来自北京还是东京，没人不为她优美潇洒的风貌由衷赞叹。究其缘由，概因这片由富春江滋养着的山水之地在高速发展中始终不为经济指数所迷失，坚持生态立县，正像矗立在青山绿水中的严子陵雕像一样，淡定从容。环溪今日，桐庐使然。

历史文化村落群的民风不胫而走，历史文化村落群的声望越来越高，可那里的人们依然"出淤泥而不染"，不售票，不收票，只在自己经营的地盘上静候节假日络绎不绝的盈门来客，用心提供优质服务。

莫笑农家腊酒浑，丰年留客足鸡豚。
山重水复疑无路，柳暗花明又一村。
箫鼓追随春社近，衣冠简朴古风存。
从今若许闲乘月，拄杖无时夜叩门。

这首千古名作曾几何时是怎样地唤起我们儿时的温馨记忆，滋润过我们青春年少的心。光阴荏苒，转瞬白头，尽尝人生百味。携亲唤友，休闲小旅，在游目骋怀之中再沐浴一把早已不多见的清新古风，何乐而不为！

可同样是山清水秀的南方，也曾到过一座背靠大山的古代名人官邸，门前绿水一潭，长廊一道，据说极合相地之术。然，浓绿的潭水表层泛着气泡，漂浮的饮料瓶、塑料袋、纸屑、果皮不堪入目，环状的长廊下连椅上，男女老少，或闲坐或躺卧，像街谈巷议又像守门收票，加上蹒跚学步的幼儿，少说也有成十口，与游客的寥寥无几极不成比。门票不低，对上年纪的到访者也缺少普通景点的起码厚道。

讲解员说，古宅始建于明，"文化大革命"中被没收，"文革"结束后从百姓手里收回整建。她指着门里一个底部雕饰颇有深意的水池介绍说，回收的时候，已经被当时的住户填埋变成了小菜园，一番出土文物似的精心挖掘后，始现庐山真面目。院子里大户人家等级森严的设施格局应有尽有一样都不少，包括唱戏台子和下人的专用甬道。只是，数不清的房子里阴暗潮湿，有的套间进去后恍若进入黑暗的窑洞，游客需借助自己的手机方可一睹其"芳容"，很难设想，假如游客没有这种机敏，真不知道一间黑洞洞的空房子有什么看点。

看不出整座古宅建筑风格的特殊魅力。平心而论，如果真要欣赏名门大户的徽派建筑，这里不具代表性。

走出迷宫一样的深宅，怅然若失，久久不能平静。

所谓"古宅"，意义何在？不正是它身上所承载的千年古风——无形的非物质文化遗产吗？不正是我们世代讴歌的民族精粹吗？民族精粹，它包括知书守礼的为人之本，舍生取义精忠报国的凌云壮志，感天地泣鬼神的忠与孝，先天下之忧而忧后天下之乐而乐的为官之道，礼让待人遵守公德的言谈举止，勤俭持家尊老爱幼的淳朴民风，敦厚良善童叟无欺的经商理念，甚至包括黎明即起洒扫庭除的卫生习惯，等等等等无人不喜闻乐见的公序良俗。

而我们今天身体力行得又怎么样呢？

近年来，国家倡导美丽乡村旅游开发，景致加名人效应，自然更容易招徕腰包渐鼓的城里人，供需两得，不失为良策。可国家的意图绝非仅止于此，景点开发，绝不是简单地在某地挖空心思搜罗出个古代名人，张榜炫耀于街头村口，借以招财进宝。作为全人类屈指可数的文明古国，我们华夏民族的先哲先贤们本来就非常不易，今天被打倒在地扫地出门扔进历史的垃圾堆，明天从垃圾堆里捡回重供圣坛为现实所用，严重缺失万古垂范的应有威严。如若不肖子孙辈继续重蹈这种实用主义覆辙，我们将没有自己的耶稣、释迦牟尼、穆罕默德，没有自己的苏格拉底、但丁、歌德……将彻底丢失原本足可影响世界的民族之光民族之魂，永远无法抵达人类文明的彼岸！到那时，即便穿金戴银吃香喝辣灯红酒绿醉生梦死，就真有幸福可言吗？

人们向往古风，追寻古风，享受古风，环溪已经为我们树立了榜样，但愿那里的模式能推而广之，蔚然成风。

2015 年

杭州

片儿土

大凡寓居都市高楼，偏偏又爱莳花弄草者，总不免对土地有一种求之不得的饥渴与无奈：一颗骚动的心无处安顿，便不由得在楼下寻寻觅觅；可真待发现一隅荒芜，反又徒生烦乱，"才下眉头却上心头"，因为楼下的每一寸土地都神圣不能"侵犯"。但是,植物总归是接地气的好,于是本人注意到了一种折中:此类人中不乏有爱花爱到庄生梦蝶者,他们似乎已经分不清是想让花为己容,还是想让己为花使,一旦意乱情迷,往往会怀着放生心态把家里精心养护却日渐萎靡的盆栽端下楼去,不经意似的,使之混迹于公共绿地,回归地母,而后楼上凭窗远眺,顾而安之,颇有"相濡以沫,不如相忘于江湖"之意味。于是小区绿地的犄角旮旯,花带边沿,一些身份不明的盆栽,踟蹰篱下,若隐若现。

理解万岁!当今之世,问舍容易求田难,一方寸土之于爱花者,不啻于一枕黄粱。

然而,也不尽然。作为工薪阶层,如若有幸住进某高楼底层,门前有一块允许自行管理的片儿土,那便是撞了大运。本人即有过一次这样的经历:楼不高,仅六层,不在市井,而在高校,得到它在上世纪90年代初。

那是"文革"之后科教界的春天,在"崇文重教""落实知识分子政策"的大气候下,学校家属区连片的平房为一批批拔地而起的砖混楼房取而代之,长期蜗居其中的教职员工论资排辈，逐批乔迁。

论资排辈福利分房是这所高校的传统。楼房越建越好越建越大，新人不断涌入，前辈不断晋升，这个大集体的住房便一直处在后浪推前浪不断调整不断改善之中。而每一次调整，都会激起一批事中人乃至一批家庭老少几代的极度兴奋。也就是那一次，1994年，我们也极度兴奋了一把。两栋比邻的新楼拔地而起，榜上有名，我们与另外11位老师分别选中了一套底层。事后发现，此辈中大多志同道合，对务花情有独钟。

房前屋后种瓜点豆原本在很多高校沿习已久，其情其境常见于名家散文。那是一种与今天完全不一样的时代景致。它反映了老一代知识分子对土地与生俱来的难以割舍，对竹篱茅舍一往情深的田园心结，听说在上世纪全民挨饿的60年代尤其盛行。只是，长期以来专意务花者甚少。之所以这样，60年代缘自天灾，巴掌大一块空地也想让它长出能够果腹的食物；"文革"迫于人祸，一切赏心悦目的东西皆被视为腐蚀无产阶级革命斗志的小资情调，躲之犹恐不及，哪个敢没事找事。及至科学之春莅临，饥饿之忧极左之患统统走进历史，花事就很自然也很正当地进入了人们的生活。故而，挑选底层谋得一方务花的片儿土，顺理成章。

"为爱名花抵死狂。"那简直就是一次被压抑已久的解禁后的纵情释放。

乔迁刚一结束，铆足劲儿蓄势待发的爱花人迅速让两楼底层的门前热闹起来。这批当时已经年过半百的读书人，几乎都有过上山下乡接受再教育的历练，动起手来个个像模像样堪称行家里手。他们甚至不乏土建手艺，纷纷走向市场，买回砖、沙、土、石灰以及必备的几样家伙什儿，然后一掷斯文，赤膊上阵，非常内行地画线吊绳，提水和泥，操刀砌墙，丁零当啷几天工夫，楼前就出现了一排形式一致的齐腰高镂空墙体小花园，小花园里各自门前又形式一致地耸起了葡萄架。有一位在葡萄架上还颇有创意地悬挂了一块写有"某舍"的小木牌儿，下边石桌石凳，一派闲适，那是主人给自己特意营造的一隅潜心学问的小小天地。规模初具，各家便在自己的那块片儿土上掘地三尺清理建筑垃圾，铺砖修路规划种植区域，寻肥埋腐改良土壤结构，栽花移树装点诗样新居。个把月后，一幅从未有过的、整齐划一的、知足常乐小富即安的耕读图，出现在校园的一角。过往行人喜形于色交口夸赞，听说连刚卸任的老校长也点头称道。

　　读书人做事认真，又肯研读书本，学以致用。多年后，经过他们园丁似的日复一日精心打理辛勤劳作，各家园子在春华秋实中已经渐成气候。一棵枝繁叶茂的椒树被生物系郑重挂牌儿，它粗壮的树干上出现了一张小巧的身份卡片；一地千姿百态的秋菊，几株雨中结愁的丁香，都招徕过艺术系写生人的正襟危坐，聚精会神；特别是经过多年养育依架腾空的一排长长的蔷薇花墙，每逢春季热烈绽放一片火红的时候，必定会弄出一个来月不同寻常的动静：匆匆路人会为其醉人的壮观陡然止步举起手机，特意前来留影者会在芬芳娇艳中人影绰约扬起一阵阵欢声笑语，无论陌生还是熟识，看花人在享受美的同时还常会遇到园主人的迎面浅笑点头示好，聊得热络了，离开时甚至留下一份口头托付——恳请主人或扦插或嫁接出一棵同样品种的新苗。

"黄四娘家花满蹊,千朵万朵压枝低。"回想那成十年有院儿有花儿陪伴的日子,慰藉不断,惊喜不断,情趣无限。每天走出家门,一家挨一家芬芳满园,一路上邻里互答,多涉花语,有无互补,奇花共赏。身居楼上者,今天讨得一束花,明天挖走一棵苗,其乐融融。

"霜禽欲下先偷眼,粉蝶如知合断魂。"那些在人们的期盼中踩着时令鼓点儿次第绽放的美丽花草,或千娇百媚神姿仙态,或稚朴童趣默默撩人,总能让人怦然心动,怜惜顿生,物我两忘,以至恋恋不舍。

记得退休前一位博士小同仁玩笑似的说,之后办个托儿所吧,爱花爱成那样,把孩子交给你我们放心。

花是否能验证善恶不得而知,但的确很难想象,一个江洋大盗的生活里会须臾离不开花,一位怜惜众生的出世者能置花于无动于衷,更遑论心生歹意。

不料想,天有不测风云。多年后,平地风雷,家属区一场不大不小似曾相识的风波,让花好月圆的美好时光戛然而止。

那是个一如既往平和宁静的上午,一辆曾经盛行于

"文革"、久违了二三十年的吉普宣传车，非常突兀地，出土文物似的，赫然显现。它头顶大喇叭，身披醒目标语，七拐八绕，在一座座楼宇间缓缓穿行，所到之处，言辞犀利，口号声不绝于耳——"坚决取缔乱搭乱建，实行统一绿化！"极富穿透力的大喇叭声让家属区一时间杀气腾腾。

应该说，宣传车所指的乱搭乱建确乎不虚。成十年来，盖房圈院扩大居住面积的违规现象在家属区渐成气候，甚至愈演愈烈，早已惹人侧目，不訾非议。可让人颇为费解的是，我们那一届的管理者却长期以来视而不见，听而不闻，莫名其妙地表现出极大的容忍。直到有一天有人将住房伸延扩张成小卖部公然开门做生意，门前的交通要道上货架耸立、杂物堆积、恶狗挡道；直到有一天有人擅自改动了天然气管道引起一片哗然，管理者终于坐不住了。

物极必反。这种坐不住的态势原本顺民意，得人心，来之不易，求之不得。不料想主管部门不管则已，一管惊人，扩张与美化不分，自私与高雅共论，一竿子打翻一船人。

此时正在园子里忙碌着，大多已经卸了任的老先生们一阵惊愕。他们直起僵硬的腰板，面面相觑，呆呆伫立，侧耳倾听。听着听着，他们意识到自己已经被列为"取缔""统一"的对象，和家属区的乱搭乱建者不二，都属于破坏环境美化之列。

接下来的事态是可想而知的，覆巢之下岂有完卵？在吆五喝六强行拆除的风暴中，乱搭乱建是被彻底清除了，可漂亮花园也随之在一场鲁莽与蛮横中灰飞烟灭一片狼藉：整齐划一的小院儿和葡萄架不见了，成片的竹林不见了，摄影人影像中的蔷薇花墙不见了，写生人笔下的菊花丁香不见了，一年只开几天雨中怕淋日下怕晒不时被主人撑伞呵护的牡丹不见了，绽放在初春如瀑布流金的迎春、紫雾弥漫的二月兰以及数不清的美的化身统统都不见了。百般呵护了成十年的花仙子们被摧枯拉朽般一顿横扫，转眼间，香消玉殒，尸横遍地，惨不忍睹。

我至今都忘不了当时那些肆意的举动，跋扈的眼神，很难理解那些原本善良纯朴的阶级兄弟何以对真、善、美破坏得那样决绝，那样毫无悲悯，毫不手软，甚至痛快淋漓。我同时似乎觉着，纵使学校真的需要整顿环境，好像也用不着动辄来一场暴风骤雨。特别用不着裹挟无辜，不由分说地，极为强势地，将一群安分守己的老学究们推向对立，制造异己。因为这个人群懂得"理解的执行，不理解的也要执行"（"文革"曾用词）。

一场远去的浩劫已经三十有年，其沉渣竟会在人们的不经意间陡然泛起，其势态重演得惟妙惟肖，强烈地唤醒了人们似乎可以不用再去忧心的记忆，我不能不为历史走向的这种扑朔迷离大为惊诧！

整顿后的环境果然"统一"，到处是千篇一律：千篇一律的种下去永远无需打理毫无美感的厚厚的草，千篇一律的杵在草中被修剪成球状的小叶长青树。小叶长青树起初被修剪过两次，很快便被遗忘了似的不再有人过问，以至于一棵棵疯长成张牙舞爪的怪物，让人出出进进望而生厌又奈何不得。

那一片曾经引起过多少爱美者纷至沓来蝶恋花般热闹的校园一角，从此野猫出没，公鸡打鸣，满目荒芜，韶华不再。可没有人为这种后果负责，也不需要谁为之负责，一场闹剧堂而皇之地，理所当然地，一晃而过，好像什么都没有发生过一样。

转眼又是数年，上苍再次眷顾了已经银发皓首的，曾经似乎犯了什么过失却痴心难改的爱花人，他们论资排辈，搭乘最后一班分房顺车，在又一次的极度兴奋中，纷纷迁入学校所谓的摹拟产权新居。此时的我们虽早已移居江南，也让自己重温了这种具有浓厚时代特色的极度兴奋的最后一次。

"回首向来萧瑟处，也无风雨也无晴。"

但是，寄身山水之间，虽不敢说阅尽人间春色，见花不可谓不多，猎奇不可谓不胜，那曾经的，平淡无奇却极大丰润了一群学人生命的花的往事，却无可替代地记忆犹新，呼之欲出，历历在目：那花、那草、那日日忙碌在花间树下温文尔雅的老友、那"雨露无私风色好，一枝任作两家春"的一片祥和、那有苦有乐足足让一个群体为之悲喜交集始求终弃的片儿土。

2016 年

南通　马氏墨庄芳草园

补记

今夏省亲返校，

很偶然地拜读了校内一位资深写作教授的一篇散文，

得知早在2012年一个在老皇历上写有"宜于栽种"的早上，

校离退休处召开了一场别开生面的报告会，

一场特意为离退休人员传授种花种菜技术的报告会。

这一天，连老天都一改头天傍晚的阴沉而阳光灿烂。

报告会场一片祥瑞：

与会者六七十位，有男有女，年龄参差，有的拄着拐杖。

这些几十年来参加过无数批判会，

斗争会、时事、政治、学术报告会的过来人，

为这从未有过的特殊会议提前兴奋了好几日，

天一亮就起床，着意装束，邀三呼四，纷至沓来。

主讲人系受到过国家领导人接见的、

本校生命科学院农学专家王致远教授，

会场里提前摆放了许多水灵灵的或常见或鲜见的

植物标本和教学道具。

王教授提前拍片、制图、备课。

会上，从播种到育苗到传粉授粉生长管理，

非常专业地讲解了种花务菜的各种技能，诲人不倦；

与会者摄像、围观、提问，虔诚地记录，学而不厌。

最后老人们离开会场时，

手心儿里都分得一小撮或花或菜的种子，

他们像小孙孙从托儿所捧回一颗小红星一样宝贝似的往家走去，

准备美化自己的室内与阳台，

还有那房前屋后的一块块片儿土。

片儿土，片儿土，谁主枯荣？

不同执政理念的管理者也。

2017 年

杭州

重返伊甸园

退休十年，除寒暑假期南下江浙与二子相聚外，仍多寄身于师大校园。原因是先生较我晚退了8年，之后又为他的《日本汉诗溯源比较研究》增订版和《日本诗话二十种》，以及我们的合著《马氏中山篆作品集》的出版所拖延。

游离在职场边沿的这段时间的我，既有倦鸟归林的轻松与舒畅，也有不能彻底摆脱的牵绊和纠结，时时体味着圈里与圈外的大异其趣，感受着负重与释重的迥然不同，直至2010年夏天我们的工作告一阶段后，才得以较长时间抽身远离。当我们真正跳出三界外，不在五行中，蓦然回首近半个世纪的职业生涯时，不禁由衷感叹：感谢上帝的赦免，让我们重返伊甸园！

不是不热爱不胜任自己的职业，几十年来"工作"一词一直让我们期待、兴奋、充实，让我们沉浸其中享受着不可或缺的归属感、成就感，甚至神圣感。职场里尽管并不尽如人意，但节奏是有条不紊的，人和人之间的关系基本是温和的，"见困难就上，见名利就让"是被提倡的，谦谦君子是为人尊敬的，正常情况下传统的道德观是非观是占主导地位的。故而可以说，整个职业生涯一直是轻松愉快的，让人留恋的。不料想，走着走着，历史从计划经济步入市场经济，竞争机制引入职场，职场在充满活力的同时渐渐骚动起来，以至不安稳不和谐起来，原本与工作同在的所有的好，荡然无存："沉舟侧畔千帆过，病树前头万木春。"时代变了。

故而，赋闲给我的第一感觉是精神上的彻底解脱。退休让我挥别过去转身投入一片自由，在身份改变的同时顿时跳出了原本十分违背自己天性的纷争。一想到此后再也不必心为形役，只要自己的言行举止符合一个文明公民的基本规范，就可以"浩浩乎如冯虚御风，飘飘乎如遗世独立"，两句欢快愉悦的歌词在脑际回旋了好一段时间——"解放区的天是明亮的天，解放区的人民好喜欢！"

可在退出职场的时候也听到过另外一种声音：以后没人管没人问了，无所适从。

我不想妄议这种人生态度，也理解、同情并尊重这种几十年如一日对集体的惯性依恋。但是我相信，用不了一年半载您若对他说：再回到过去吧。他一定莞尔一笑，连连摇首。

不信？您不妨一试。

赋闲给我的第二感觉是少时曾经拥有过，而后却不知在什么地方被遗失，而且遗失了太久太久的那种"安逸"，因喧嚣的远去，因本性的恬淡，因在眼花缭乱的诱惑中持久追求的定力，它故旧般重新眷顾了我。久别重逢的惊喜曾经使我在《〈马氏中山篆作品集〉后记》中情不自禁。近读朴初老的《养生歌》，颇合胸臆，回想我们两个老头老太太以及身边老友们退出职场后的悠然自得随心所欲，禁不住斗胆增删一二吟咏如下：

远离尘嚣享偏安，天也无边，地也无边。

人间事了无挂牵，身也安然，心也安然。

领取几许退休钱，多也不嫌，少也不嫌。

家务操劳亦锻炼，早也做点，晚也做点。

一日三餐宜清淡，粗也香甜，细也香甜。

自奉不减愈自爱，新装也喜，旧物也恋。

老友相逢喜聊天，古今也谈，东西也谈。

老夫老妻常慰勉，穷也百年，富也百年。

舞文弄墨观时事，心也不闲，脑也不闲。

莳花弄草务家园，神也畅酣，气也畅酣。

驰骋八方驾越野，山水也访，古镇也探。

垂钓在趣不在鱼，也在郊外，也在门前。

含饴弄孙享天伦，老幼也喜，内外也欢。

顺时应运无忧怨，不是神仙，也似神仙！

赋闲给我的最好感觉要数那种"鹰击长空，鱼翔浅底，万类霜天竞自由"的随意与尽兴。当意识到所有的时间从此可以由自己任意支配的时候，心中的喜不自禁是前所未有的，因为此生想尝试而没顾上尝试的事情太多。时至今日，让我感到安慰的是《马氏中山篆作品集》一经面世便受到较为广泛的喜爱和社会各界的好评，并荣幸地走进了上海世界博览会。而《马氏中山篆书谱》这个巨大的家族文化工程经先生韦编三绝五易其稿，时下已进入杀青的倒计时。与此同时，筹措后期的书展和规划下一个合作的意念又悄然欲动。

日本人称"退休"为"定年"。他们喜欢将这生命的重大转折比作"第二人生"的开始。这是对生活的一种非常可贵的全新追求。闻听美国前总统卡特卸任后爬高上低忙于修整自己倾心的家园，前国防部长盖茨去职后回到家乡忘情于垂钓，包括我国功成名就后泛舟五湖烟水的范蠡大夫，从风流才子到空门高僧的弘一法师，等等，他们都属于那种绚丽至极归于平淡进而追求新境界的典型。我们虽身为凡夫俗子没有绚丽的过去，但换一种闲云野鹤式活法的欲望应该是相通的。对于进入暮年的老人而言，超乎功利地去做内心笃定的事情，从心所欲地乘兴与尽兴，既是一种精神层面的享受，也是一种心灵的回归。

心灵归属的地方，是生命起始的地方，当生命从必然王国进入自由王国，也就进入了孩提时代上帝曾经应许过我们的伊甸园。我们已经用自己大半生的劳碌赎了罪，我们也曾不甘人后地挑过重担，被免债后能够重返伊甸园再温旧梦安享晚年，该是何等的福分！

虽然近黄昏，夕阳无限好。

2010年　陕西师大

发表于

2011年1月15日《陕西师大报》

《秦岭》　2011年夏之卷

非常伴侣

一

退休不久的一天，怀着些许牵挂，些许思念，我谨慎地叩响了 A 与 B 老师的家门。乍一相见，二位热情依旧，直爽如昨，身体硬朗，神态闲适，退出职场的松懈与安详溢于言表，看得出他们已经完全进入了远离尘嚣的养老境界。由是感到欣慰，还有一丝无以名状的轻松。

以如此这般心情探望曾经熟识的退了休的老朋友，乃事出有因。

B老师退休前是这所高校的某主管部门领导，地位虽不算最高，也称得上权力中心人物。大凡从政者一旦离开权位，其失落感之强烈远不是一般人所能体会。B老师在位时虽未闻其有钻营奔竞飞扬跋扈之微词，算是有一定的人气，但毕竟长期身处权力圈，即便他自己能淡定应对身份转变，不为得失所困，架不住人走茶凉世俗之扰，想必也应该是需要定力慢慢消解的。

A老师和我曾共事于同一办公室，是一位经不得半点风吹草动、非常需要体恤的弱者，加之因身体缘故提前退出职场，自然让人牵挂。

说得更远些，AB二位还曾经与我近邻，我们曾共住学校同一栋四层家属楼，我家在顶层，他们在底层。不过那时因不在同一单位，好几年鸡犬之声相闻，老死不相往来。真正和他们结识，缘自一次不大不小的有惊无险。

一天下班回到家，蓦然发现卧室的一扇木窗被大风吹脱了挂钩，上面的一块玻璃不翼而飞，急忙探头往下打量，早已粉身碎骨的玻璃片七零八碎散落了一地，不远处花坛旁，一把供人纳凉的藤椅虚位以待。

各种不祥猜测顿时惊得我魂飞魄散，转身下楼直奔一层窗下，在四散的玻璃碎片中查找有无伤人的痕迹。正当我猫腰现场寻寻觅觅，旁边门里走出一位围着炊事围裙的中年男性，高高大大，朴实温和，操着一口浓重的关中口音问道：

"这位老师，你在找啥？"

我惴惴不安地说明原委，打问可曾有人受伤。

"没有！没有！没有！"他连珠炮似的一连来了三个响亮的否定，大概看我被吓得不轻，又接着安抚道：

"都下班刚到家，啥都没发生。"

一次非同小可的险象云淡风轻化解得无影无踪，除了如释重负，我真真被身边这位近邻的雍容大度感动了：这类不可预测无法防范随时都可能发生的天降之灾如悬顶之剑，对身处底层的他们该是多大的威胁啊！将心比心，换位思考，面对这种隐忧，自己能够隐忍，能够不置可否，但很难反过来真诚地去宽慰对方，而这，正是胸怀与境界的差距。

由是，我们自报家门结识了对方；由是，我也结识了随后出门搭话的他的夫人A老师。

A老师言语不多，虽然没有B老师身上豁达干练的特质，却也满面敦厚，言语家常，给人一种特别容易走近的亲和。

可是我并没能很快走近他们，那是因为随后我们举家出国。

真正走近并了解AB老师，始于几年后归国返校进入新的工作岗位——档案馆。

二

记得进馆的第一天，馆长领着我走过学校办公楼4层幽暗的长廊，推开顶头最后一间办公室的门，豁然开朗。但见左右两排墨绿色的文件柜依墙而立，对面窗外一树怒放的白玉兰被苍翠的大雪松映衬着，热闹非凡，阳光透过花与树斑斑点点洒进窗内，浮光掠影中，一张办公桌前静悄悄坐着一位胖胖的女老师。没等馆长介绍，我和对方都先自由惊而喜，四只手瞬间握到了一起。原来，她竟是我的近邻A老师。

空旷的办公室里很快增加了一副桌椅，我成了A老师工作时唯一的伴儿。

据观察，馆里的办公室并不十分充裕，两位馆长和秘书都挤在同一房间。我由此隐约感到A老师在这个单位的身份非同一般，之后又发现她每天到岗的时间较晚，且来去自由，工作量也基本谈不上，好像没有多少每天必须要完成的事情。馆里从领导到老少同事对她都格外客气，客气得有些着意。她一般不与人主动搭话，对与之搭话的同事客气中带着疏离，一到单位便把自己关进办公室，直至下班回家。

最初我们相互都比较谨慎，语言交流不多。她长我七岁，却客气地称我张老师。我执意不肯，告诉她直呼姓名会让我感到更亲切、轻松、自在，这是我最想要的。大概是我多次半求半赖不依不饶的低姿态起到了套近乎的作用，她最终竟顺从了。之后我们的关系逐渐升温，这种升温很自然，因为双方都坦诚得几乎透明。

没想到，这仅仅是我的主观臆断。一段时间后，她对着我一阵沉默，而后有感而发似的说：

"看你也像个不惹事的人。我不招惹人，只要没人招惹我就谢天谢地。"

原来如此！这是一位内心有伤的人，她非常缺乏安全感，而自己的突然出现显然已经打破了她原有的平静，想到此，不由歉意顿生。我甚至不敢和眼前这位有故事的大姐长时间对视，害怕读出其中的惨澹。生存的残酷能让一位年过半百的人怯懦至此，离开家有如走进动物世界。我知道，自己遇到了一位特别需要关照、特别需要谨慎相处的可怜之人，尽管自己的能力也实在小得可怜。

之后，我了解到A老师进馆时间并不长，人事档案不久前才从一所中学正式转到这里，因身体原因在单位受特殊照顾。上班来得迟，是她每晚必须服药入眠，服了药就一觉难醒。

可A老师毕竟是A老师，她很快心门大开，竹筒倒豆子，毫不设防地一遍遍地向我倾吐了自己几十年的经历。面对这份让人心疼的纯真与信任，我自然成了她最忠实的听众。不过，起初只要她一开口，我便礼貌地放下工作盯着她的眼睛专注地倾听。日子久了，任务在身，不得已改为边听边忙，只是不断地提醒自己：中间要不时抬头与之对视，最好再插上一两句，以迎合那颗脆弱而又敏感的心。好在A老师只顾反复地叙述，好像也并未介意这种变化；况且，她每天到岗的时间都不太长。

A老师出身于学校附近一户农家，上世纪60年代初是国家的所谓"困难时期"，整个教育系统风雨飘摇状态非常，一些大学和高中在全国人民陷于最饥饿的时候，根据国家"劳逸结合"精神，停招、缩招，甚至停课，那年头，能考上大学者凤毛麟角。而A老师恰恰是在那个特殊年代考进了这所高等学府。能若是，足见其中学阶段的出类拔萃。

大学在读期间，A老师与外县入校的农民子弟B老师相知相恋，两人情投意合，毕业后B老师留校当了学生辅导员，A老师被分配到市属一所中学教书，随后他们结婚成家，生儿育女。

那段岁月在A老师的叙述中从来都是阳光灿烂的，特别是每每讲到两位一波三折的恋爱季节，眼前这位已经年逾知天命的大姐，依然是满脸的柔情蜜意。

A老师说，在学时自己其实更优秀于B老师，但她十分看重意中人的朴实、正派，还有仪表堂堂。中途学校有段时间停课，学生们纷纷离校，热恋中的她闷在家里思念难耐，竟不管不顾地跑到B老师家和他见了一面。在那个年代，一个待字闺中的姑娘能如此主动，也算是勇气超人。

可"风流灵巧招人怨"，偏偏A老师又为人怯懦，"文化大革命"那场暴风骤雨，让一个涉世未深但业绩出众的女孩子经历了超出她承受能力的严酷打击。尽管A老师说，两个迫害她的风云人物后来都没得善终，像是笃信这世上有因果报应，但"风流总被雨打风吹去"，从此她渐入混沌：目光呆滞，沉默寡言，害怕见人，整夜整夜亢奋得不能入睡，直至无法胜任工作。可惜一枝蓓蕾初绽，还未来得及灿烂就提前枯萎了。

B老师，一个当年30来岁的小伙子，从此拖着病妻，拉扯着一双尚在幼儿园的儿女,在人生的苦旅上开始了举步维艰的无尽跋涉。

丈夫在A老师的记忆中是断断续续极不连贯的跳跃,留有印象的,在她脑子里记忆犹新,清晰到每一个具体细节;没有印象的,是大段大段的空白。好像几十年沉沉睡梦,虽然中间有过清醒,目睹过一些身边的纷纷扰扰,但还没等她想明白,又陷入没完没了的昏沉。

A老师说,农村人屋里走出个进城吃皇粮的,这人便成了全家的指望,而他们有两个这样的家。

B老师母亲走得早,老父亲一直跟着在家务农的弟弟过活,自从B老师开始工作领到第一笔薪酬,便成了那个贫困家庭的经济支柱,包括为弟弟盖房娶媳妇,为父亲养老办丧事。老父亲去世前留下话,家里的三间房子全归老二。弟弟明事理,他心疼哥,料理完父亲的后事执意要给哥分出一间,兄弟俩一番近乎吵架似的争执后做哥的说:

"除非你不认我这个哥!"

"爸没咧,还有哥,以后屋里有事,一切照旧。"

说得弟弟两眼泪花。

A老师那个农村的娘家人口众多关系繁杂，几十年发生的数不清的七事八事全由丈夫独自应对，丈夫对她的娘家人说：

"无论啥事，都对我一个人说，她病重了，我的负担更重。"

A老师不知道丈夫都做了些什么，只知道娘家人上上下下众口一词，没人不说他的好。

A老师不知道在没有任何人帮助的情况下，丈夫是怎样既当爸又当妈把儿女们养育成人的，只知道眼下孩子们都已成家立业。儿子是获奖连连的中学教师，女儿是就职于某大学的在职博士生。兄妹俩眼下都是慰藉母亲心病的良药，母亲几乎每天都有关于他们值得炫耀的谈资带进办公室。

A老师不知道丈夫几十年来是如何照顾自己的，只记得丈夫不止一次用自行车带着自己在通往大雁塔长长的坡道上，弓背蜷腰吃力地攀登，而后座上的自己像是着了魔，每到某个路口，便大梦初醒——这是要去精神病院！随即不管不顾一跃而下，坐在地上大放悲声，坚称自己没有病。

　　A老师不知道丈夫是如何一边经管着自己这个不堪的家，一边努力工作以至逐步升迁的，只知道周边人对丈夫的称呼和态度不断有所变化，那变化就像一道道温和的光，渐渐深入心底，心中的惊恐随之缓缓而退……

　　A老师不知道的事情太多太多了，听说二位退休后有一次B老师病重住院，多日后回到家，A老师看着进门的丈夫一愣，竟怔怔地说：

　　"我咋好像几天没见你？"

　　大病初愈的B老师一声长叹：

　　"唉！把我没咧恐怕你都知不道啊。"

　　纵览人间百态，一个人面对配偶身体有障而不离不弃陪伴终生忽略了事业者，有之；为事业冷落了配偶耽误了孩子亏欠了父母者，有之；既顾全了一家老小又兼顾了事业发展者已经难能可贵；对得起家庭成员对得起自己的抱负还能让亲戚朋友齐声叫好者，实属罕见！

　　B老师，不易！

三

在即将离开学校移居江南之前，听说年逾七旬的 A 老师日渐老态，萎靡不振，已经连校门都很少走出了，很为她难过了一阵。但是一次不期而遇，几乎让我人仰马翻。

那是一次既耳熟又眼生的午后邂逅。

我和先生如常出门散步，走在学校东门里川流不息的人群中，忽听有人连声高呼我的名字。一番眼花缭乱后三步并作两步走上前去，我一边惊喜地低声问道：

"A 老师，是你啊！干啥去？"一边目不转睛地对着她上下打量。

人是明显的消瘦了，但从内到外精神头十足，从未见过的好。只见她一头橘红色的超短发型，一副煞白色的宽边墨镜，一袭飘逸的韩式着装，一双点缀着细碎小花的半高跟儿凉布鞋，一条由椰片贝壳之类串制而成的五颜六色的项链，还有一脸淡淡的妆。清新、干练、靓丽、时尚，活脱脱一位超时髦的极品老太太。

脱胎换骨！此时此刻，我对任何一个词的理解之直观之透彻都无过于这四个字，自己原本就不太丰富的想象力也一时感到枯竭，但是，我仍旧努力地在蝴蝶身上捕捉蛹的影子，努力把前者与后者硬拉在一起使之合二为一，甚至极为大胆地猜想，这是去参加什么非同一般的聚会，甚或演出？？？

不料，她双手从一个精致的手袋中抖出一条洁白时尚的八分裤，笑吟吟且依然高分贝地对我说：

"有点嫌长，到街上找个裁缝修一下。"

我愈发诧异，不，应该是错愕，是那种"山无陵，江水为竭"的始料未及，天知道她什么时候把自己的生活着意得如此之精致，之不可思议！

可都没等我缓过神儿，A老师紧接着邀我到家里做客，说是让欣赏一张什么肖像。看着那份热情洋溢的期待，我脱口而出：

"改日，一定！"

一番电话联系后，A老师将我迎进家门径直走入她和B老师的卧室，指着一面紧贴双人床头的墙壁上方朗声笑道：

"你看看，你看看，认得出这是谁？"

啊！那是一幅工艺颇为考究的相框，里面镶着一帧50岁左右的职业女照，眉清目秀，神情干练，似乎还有点某影视明星或者女企业家的派头。可尽管相框就挂在她与B老师的床头之上，我还是一番对号入座仔细辨认后，才影影绰绰找到了A老师似是而非似非而是的影子。

没等我出声，A老师先自介绍：

"这是在城里边儿有名的某某影楼拍摄的，老板征求我的意见，妆化得有点浓。B老师一开始都没认出是谁，你看咋样？"

尽管有关化妆的魔力早有耳闻，但眼前这一幕还着实让我大大开了眼界长了见识。面对对方有些期待甚至有些可爱的眼神，我立刻十二分肯定地说：

"这还用问？当然是A老师了，哈哈哈哈……不过，是女儿陪你去的吧。"

"我自己！"回答得干脆利落，掷地有声。

我不得不对眼前的这位大姐刮目相看，甚而至于自叹弗如，深深地。

然而，如果说，一个精神方面有问题的人一时兴奋得行为异常，甚至把自己打扮得不伦不类滑稽可笑，都实在不足为奇。可是，一个历来与时髦二字毫不搭界，一贯朴素得近乎邋遢（失敬了，A老师）的七旬老人，陡然间变得深谙时尚之道、之技能、之恰如其分恰到好处，外加那份不可思议毫无由头的勇气，则着实未知其可也。

四

毋庸置疑，A老师生活态度的180度大转弯，作为知心朋友，我由衷地为之宽慰为之欣喜。可怜一弱女子，心比天高命如纸薄，梦刚开始就碎了，几乎一辈子活在精神的桎梏里。晚年能否极泰来跳出樊笼豁然开朗，让生命酣畅地迸发出如此的洒脱、奔放、无拘无束，为所欲为，这该是何等的幸事！

但是，看着判若两人的她，一丝莫名的隐忧又浮上心头：究竟是什么力量能对一个人的心理素质产生如此不可思议的颠覆呢？她的这些极为反常的言行举止与长期服用的药物难道没有关系吗？……唉！但愿这种隐忧是多余的。

可转念又想，即便是药物在作用，就一定不是好事吗……

唉，唉！我五味杂陈……

A老师，B老师，你们现在可安好？请接受一份遥远的祝福！

2012年

南通　马氏墨庄芳草园

顿悟之后

　　29楼1单元1号，我们在陕西师大的倒数第二套故居，入住十多年放弃了两次调房机会的一套不足80平米的简陋小屋，它实在有其让人难以割舍的不为常人所知的好。

那是一片沉潜在心底的滋润，一小片儿可以耕耘，可以工作之余在植物世界里寻求调节、寻求陪伴、寻求充实的憩园。为此，我们遵循书本几乎体验了务花的各种劳作，兴趣盎然，不辞艰辛，乐在其中，乐此不疲。我们让房前屋后为花木所围，基本上达到人在室内从任何角度放眼室外，都能赏心悦目不留死角。特别是那间朝向最好的书房，满满四架书占据了一面北墙，靠东一条长沙发是同仁好友与硕、博生们的专席，坐在书桌前，透过南窗与后门玻璃，满院子尽是随心所欲：空中垂的、墙上挂的、地面靓颜朝天的，千姿百态，应有尽有。为了配合这种氛围，室内摆设不避俭朴，着意天然，追求那种汤姆叔叔小木屋返璞归真的意境。"谈笑有鸿儒，往来无白丁""无丝竹之乱耳，无案牍之劳形"（一年后坚辞了系主任），有书香花香为伴，容膝易安，此生何求？

岂料美中真有不足，大抵一两年后，卫生间的抽水马桶搅扰了我们的安宁。起初，便池里只是出现了似有似无的涓涓细流，某天夜里竟突然哗哗作响流泻不止，偏偏水闸又锈死般不敢贸然拧动，一整夜人心慌慌，第二天一大早就赶往后勤去报修。

　　这原本算不得大问题，学校有专门的修水工人，早上上班之前赶到后勤水电科报告一下，负责派活的工作人员根据活路的简繁多寡轻重缓急综合部署，吩咐你大概几点钟家里留人，问题便迎刃而解。

　　完全没有想到问题并非那样简单，大抵两个多月后，便池又出现了悄无声息的涓涓细流，很快又大有流泻之势，于是，不得不再次一大早往后勤赶去。

　　可好景还是不长，抽水马桶的泄漏眼看着周而复始，习以为常，一年总要折腾上四五次。好在一切都并不太过费事，先生不坐班，只要没课没特殊情况，完全可以在家里应对，遇到他不方便的时候，我向馆里请假便是。

　　一次由我在家专候，等得时间长了，隔着窗户眼巴巴朝外张望：家属区的早上，上班的上班，上学的上学，在家的教师们大多埋头书案，路上静悄悄空落落，了无人迹，只能听到树上的鸟儿在一唱一和。

　　望着望着，终于，远远的楼拐角处冒出了两个匆匆而来的身影，朝阳的逆光中，两个镶着金边的身影形体老态，步姿也不年轻，及至走到近处，两人农民装束，年龄大抵都在60以上，其中一位似乎还更年长两岁。那位稍年轻的手里拎着个黑黢黢的旧帆布包，莫非他们……就是上门的修理工？两位已经上了年纪的庄稼人。

门铃响了，果然不出所料。

自然没让换鞋，进门先让座、上茶、敬烟（家里待客专备），两位也熟客似的并不谦让。年长些的闷闷的，不善言辞状，另一位则比较活泛。浅谈中，得知他们不但同村，且同王姓，看来是一对要好的老伙计，家离学校不近，骑车少说也得三四十分钟。两位王师一支烟过半，先后将其掐灭于烟灰缸，杯中茶水一饮而尽，坚拒续水，而后起身工作。他们配合默契，操作娴熟，手到病除，很快便收工离去，留下了庄稼老人特有的淳朴、良善、持重之风。

下班后与回到家的先生说起，原来上门的修水工一直都是这两位王师老哥俩。

之后，抽水马桶不断犯病，王师老哥俩不断上门，渐成常态，如此光景大概延续了两三年。

一天两位王师又被请进家门，在抽烟饮茶闲聊中，忽有邻人上门借物，邻人去后，年纪稍轻点的王师突发议论：

"凡能张口向人借东西的，都作了大难，之前都不知道在你屋（陕西方言）门外转了几圈。"

自言自语，长者口气，像是无所指，又像是说自己。不过无论如何看得出，老人深谙世故，善解人意，不但以厚道睦邻，而且把自尊看得非常之重，想必在村里也非等闲之辈。

茶罢起身，老人一边向卫生间走去一边说：

"这是最后一次咧，今天得好好给你们修理一下。"

"为啥是最后一次？"

"唉，临时工么，人家能让咱干到现在，知足了！"

心里突然一沉，我听出了其中的失落、无奈、理解、知恩，还有情分，甚至说不定还有不为人知的生活忧虑……人非草木，往来有日，日久生情，王师那句意味深长的陕西方言久久在耳边回响。

日子在不知不觉中一晃而过，几年后的某一天，我与先生突如大梦初醒：自从两位王师去后，抽水马桶怎么一直安然无恙，竟然没有发生过一次故障？继而一起回忆了与王师最后的那几句对话，若有所悟，相对会意，哑然失笑。

"这俩老汉！"我脱口而出。

近年来自己也渐入老境，深感年龄之不饶人，每当想慵懒一下的时候，不免暗自庆幸早已远离了责任在身的工作岗位。不知道为什么，有时眼前会同时浮现两位王师老哥俩的身影：朝阳的逆光中，两个镶着金边的身影从远处匆匆赶来，庄稼人打扮，形体老态，步姿也不年轻。

推己及人，扪心自问，当初只道是一份工作对于两位老人弥足珍贵，很为他们的失业难过了一阵，怎么竟没想到工作之于他们，原本早已勉为其难，甚至力所不能及了呢？繁忙的劳务姑且不论，单是那春、夏、秋、冬、雨、雪、炎、寒中的路途奔波，何其艰辛！然，已经过了吃苦耐劳之年的老哥俩每天骑辆破自行车，在车水马龙中穿街走巷，赶点上班，日复一日地连轴转而不知其苦，不舍离去，缘何？又想起老人家对借物之事表现出的非常自尊，以及抽水马桶的故事,心头不禁涌出一股难以言说的被扭曲了的苦涩。

> 人生如树花同发,
> 　　随风而堕,
> 自有拂帘幌坠于茵席之上,
> 自有关篱墙落于粪溷之中。
> 　　　(《南史·范缜传》)

我的前半生曾艰难跋涉于"出身论"的泥潭,深深苦闷于这种命运的不公。及至与下乡知青们一起走入王师们的那个"广阔天地",不但对"家徒四壁""民不聊生"的含义有了真切的理解,还目睹了受困于农村的有志青年看不到希望看不到光明死一般活着的苦闷与挣扎,哪怕他们的出身再好。由此,我恍然大悟,原来自己这朵随风而堕的树花,虽没有拂帘幌坠于茵席之上,却也没有关篱墙落于粪溷之中,何其有幸!

时下,我们收入稳定没有生存之忧,还孜孜以求所谓的阳春白雪、生活情趣、精神给养。而王师们的生存现状怎么样了呢？

可以说，我已经欣喜地看到了希望，看到了南方农村（当然不是全部）的翻天覆地，农民兄弟们的日子愈来愈好：他们既可以放开手脚走进城市自由择业，甚至大显身手办企业，搞商贸，站在改革的潮头经天济世，也可以安居农村在那片希望的田野上科学种田发财致富；他们不但实现了种田不纳税，还能像城里人一样享受医保，按月领取养老金；他们在没有喧嚣没有污染的青山绿水中住着让城里人羡慕不已的独栋小楼，开着私家车出出进进，有产有业，无生活之虞。他们已然完全是自尊的、体面的新一代农民。

我有过在江苏农村葡萄园里与老农攀谈的经历，也曾经和浙江农妇聊天于有名的都市大医院，甚至也熟识以开出租为生的农村的哥，当他们说起现如今的日子，话里话外流露的全都是满足、开心，甚至惬意，甚至"得意"，他们脸上都有打从我记事起都没见过的、发自内心的阳光与自信。

今非昔比，换了人间。南方已经如此，想必北方的王师们也一定差不到哪儿去吧。

2013 年

南通　马氏墨庄芳草园

敢问路在何方

一 惊蛰

那真是一个乾坤颠倒、沧桑巨变的大时代。

华夏大地，上世纪70年代后期乃至80年代，随着"文化大革命"逐渐平息，国家发生了三件值得永载史册的大事。借此东风，我和先生驾着我们四口之家之一叶小舟，在春寒料峭冰雪消融的激流中千回百折，起伏跌宕，顺势而行，共同度过了一段让我们每个人都终生难忘的、极不寻常的日子。

其一，1978，党的十一届三中全会终止了"以阶级斗争为纲"的无产阶级专政下的继续革命，纠正了大批冤假错案，从根本上冲破了长期"左"倾错误的束缚。

这些颇具颠覆性的政策举措，对于我们这代所谓"出身不好"的青年意义之大，不啻于脱胎换骨：一些长期为父辈甚至祖辈的所谓"原罪"而卑微、而苦难、而不甘、而战战兢兢、而苦苦挣扎的草根，一夜之间如雨后春笋破土而出的命运转换，频爆坊间。而每一个爆料的背后，无不牵扯出一段让人感叹唏嘘的故事，一出《牧马人》，曾经激起多少情绪宣泄，泪眼潸然！

更为普遍的是，不计其数的无辜孩子身上与生俱来的"阶级烙印"被抚平，心理上被蔑视、被压制、被剥夺、被排挤，甚至可能被世袭的屈辱与绝望，得以彻底解脱。他们从此再也不必频繁应对政审，一遍遍对着履历表中的家庭出身一栏暗自神伤；他们终于可以一掷自卑，比肩常人，鼓起"平等"与"权益"的生命风帆，加倍努力去追补过去，争取未来。

我深信，有过这段青春记忆的过来人，都不会忘记那个让自己重活一次的"春天"。

其二，1987，一部修整一新的蒋介石故居并蒋经国生母墓纪录片经过特殊渠道，传至蒋经国手上，蒋氏看后黯然泪下，说："这情我领了。"台当局遂顺遂民意，出台了《台湾地区民众赴大陆探亲办法》，大陆随即公布了《关于台湾同胞来大陆探亲旅游接待办法的通知》，陆台关系渐趋冰释，被战争隔离了38年之久的两岸亲人终于团聚有望。

"似曾相识燕归来。"当年随国民党部队撤退台湾生死未卜的二舅也几经周折有了消息，我这个曾经因此而背负了可怕的"敌台关系"的"可以教育好的子女"，终于从政审严酷的1965年高考失利之痛中得到些许慰藉，暖气微微，大地开始复苏。

其三，改革初始，百废待兴，紧锁了几十年的国门逐渐打开,科教界一批批在职公派留学生肩负国家与民族复兴的厚望漂洋过海出国深造。

当时的被派出国乃万众瞩目之幸,惯于长期被边缘化的我辈自然不敢有非分之想。不料,恍惚之中,一条走出国门的天路为我们显现:1987年新年伊始,先生收到了经日本文部省审批的国立福井大学的聘任书,被聘为"专任外国人教师",为期四年;与聘任书同封到达的还有对我及两个孩子的邀请书、一行四人的签证、机票。我们将有幸随国家的第三次留学大潮,举家出国。

需要说明的是,先生的被聘原本事出有因。它缘自马氏家族半个多世纪的大起大落与产生其中的一桩异国联姻、中日两国关系阴晴圆缺恩怨情仇的演变、日本福井大学教育学部中文专业师资空缺的出现,三种因素,错综复杂却极为巧妙地交织,又恰恰吻合了国家改革开放形势的需要,正所谓,天时、地利、人和。

其时,福井大学教育学部招聘中文外教,先生的姑父宫崎幸雄(李公伟)教授时任西安外国语学院日语系主任,他鼓励研究生毕业后在陕西师大留校任教的先生参加选拔，先生不负厚望以学术成就胜出。而这位看着爱侄成长的姑父，最初乃是日寇侵华时沦陷区的一名日语教员。正如西安外国语学院孙天义院长所评价："宫崎先生以独特的方式表明了他对那场非正义战争的反对，马培琬女士以坚贞的爱情支持了宫崎先生的正义行动。他们相濡以沫，共同度过了艰辛的岁月，又一起迎来了新中国的诞生。在中国人民实行改革开放的年代里，他们满怀热忱地为西安外国语学院日语专业的建立和日语教育事业的发展努力工作，做出了自己的奉献。"

也正是这种特殊身份，宫崎教授在解放后的历次政治运动中与中国朋友一起沉浮。1972年中日建交，长野县日中友好协会理事长宫崎世民率团赴中，在京受周恩来总理接见后，找到了滞留在华睽离了近半个世纪的宫崎幸雄。而宫崎家族的一位远亲，又是早年孙中山革命的在日支持者。由是，花甲之年的宫崎教授苦尽甘来，在包括北京、广州在内多所高校的邀聘中，选择了与我校仅一墙之隔的西安外国语学院，偕夫人及女儿女婿外孙辈等举家迁入，并被委以重任。

二　节外生枝

如果说，先生的被聘是一段无法参悟的机缘巧合，我和孩子们的出国之路则走得更加乖舛离奇，水复山重，甚至惊天动地。

按照常规，已经提前得到了邀请国的签证，作为合法公民，申请一本护照本不该有什么问题。然而，先生受国家教委（教育部）派遣，各种手续一路绿色通道，而我和孩子们则在申请护照的第一关就被卡了壳，颇似两辆并驾齐驱到十字路口的汽车，一辆放行，一辆叫停，而这一停竟是一年多。

校外事处长告知，"夫人陪同没有问题，两个孩子必须留下"，拒绝向省高教局、省市公安部门提供单位证明，而单位证明是那个年代不可或缺的至关重要的第一关。

所谓留下孩子，在当时委实算不得反常，虽然当时的留学潮让一个"陪读"的名词应运而生，那也仅限于配偶。如此一来，凡为人父母者，无不将子女托付家中老人，夫妻比翼齐飞；也有个别孩子留守国内多年最终被接出去的，那也是因为其父母在异国的身份发生了变化。而我们一家四口倾巢出动，应该说是破了先例，以先生在国家教委办加急出国手续时工作人员的表现为证：接待者对所递资料反复翻阅、询问、核实，而后满脸诧异地表示，留学、参加个学术会议、做一年半载的访问学者，目前都已经很常见，可应聘出国执教，且享有如此高规格待遇，实属首例，以至一时竟不知所措。

既是特例，为什么一定要套用留学人员的"陪读"政策去限制一个被聘教师的"陪教"家属呢？况且，陪读属于公费，陪教则属私费，也就是说，我们不须花国家一分钱，而且与师大签订了每月上缴百分之四十二薪酬的协议（协议书入存校档案馆）。即便如此，我们四人的平均生活费仍高于当时的一个国费留学生，总不至于是为我们在国外的生计担忧吧。

当然不是，究其原因，外事处长私下透露："特殊人才，怕一去不回。"

真是个让人哭笑不得的理由！

诚然，我们曾因出身而"锦瑟惊弦破梦频"，但家国情怀从不输人。

事实证明，四年后我们归国时先生的签证还有两年期限，除长子留日继续大学学业外，次子考上了福大附中因尚不能自立，随我们一起踏上归程。

为此，新大阪登机前，日本海关人员神情慌张地催促我们速去办理回头签证。答曰："我们不回头了。"错愕！

北京机场进关前，好心的海关人员力劝我们当即返日补办回签也还来得及，得知我们归意已决，连呼可惜！回到学校，知情的师生们无不为我们的选择感到意外，校长在接风会上给以充分肯定。

所有这一切，均因在那个年代出国实属不易，经过国家千挑万选送出去的公费留学生，按期回归的统计数据并不乐观。相反，一个政治出身不被看好，家属出境又百般受阻，最终得以携家带口出去任职的教师，能严格遵守协议放弃两年签证如期归国，还能在国家困难时期为学校挣回外汇，不知道这样的例子在全国有几。但我自信，我们给国家上交的，应该是一份合格的答卷。（那本作废了两年签证的护照一直被我们完好保存。）

但是，"左"倾路线长期横行，"宁左勿右"已经成为职能部门普遍存在的最不需承担责任的惯性。更何况，乍暖还寒时节，新生事物尚无章可循，一些对颠倒的乾坤极不适应者，借此施以严苛，本也不足为奇。

于是我们面前出现了一座无法逾越的大山。

我一生热衷求知，却不幸高考中小鸟折翅。"文革"后国家恢复高考时我们已经是四口之家，经商量二选一由先生考研深造。原以为这次出国四年是上苍对自己的一次弥补，奋飞的热望自然一点即燃。所以，不是没想过，甚至很多次地在脑海里翻腾过那些陪读者们的路数：我们同样有爷爷奶奶外公外婆可以托付，我们的儿子一个十六一个十岁已经都不是离不开父母的年龄。但是，"多情自古伤离别"，于张芳，则尤甚。我这个做母亲的，实在没有勇气去体味母子参商"心悬悬兮常如饥"的煎熬，更没有勇气去对视两双被撇下后极度失落、极度无助、无尽幽怨的眼神。那绝对是一种亲情的拷问，是锥心刺骨，万难决断，决断了就会一辈子追悔莫及的不忍和不能！

我甚至想到，如果定要留下人质，我则宁愿那个人是我自己，因为孩子比我更需要丰满羽翼。可即便这样，也没有人肯对那条不成文的口头限制做丝毫变通，于是，除了陪着两个儿子一起留守，别无选择！

大海彼岸，先生的单身赴任使对方颇为不解，他们试图通过高层督促学校，促使我们一家团圆。可一番斡旋却适得其反，漫长而难耐的期盼等来的是北京外国专家局与学校一致的口径：两个孩子必须留下！

如果说原来还有些许若隐若现可左可右的政策回旋能让人期盼，那番自上而下的无情告知，无异于一次破梦的宣判，那一刻，我不能不为突然间被令人窒息的"特殊"厚爱而深深悲哀，甚至有些怀念被"可有可无"的过去！

先生顾家，眼见山穷水尽，劝慰我"事到难图念转平"，决定两年一届期满申请提前归国，绝不相忘于江湖！对此我不意外，因为"十字路口"分手时他曾信心满满地安慰我：此次只是"暂分烟岛"，以后我们绝不生离（我们曾经有过两次难耐的两地分居经历）！

护照，护照……在国民拥有相当权益和自由的今天，何难之有？可在国门艰难开启的初期，一本小小护照足以困死想走出去的每一个凡人，无论他有多么不该受阻的理由。

三　踏破铁鞋

时间在希望、失望、绝望中不知不觉耽误了一年之久。既撇不下孩子，又不甘轻易放弃，我想到了曾经对自己起过非常负面影响的二舅赴台、陆台关系变化的大气候，以及国家统一至高无上的形势需要，非常茫然地走进了学校统战部。直觉告诉我，统战部里的空气应该是有温度、有柔性，甚至有弹性的，无论如何那是唯一可以一试的地方了，至少在那里或可一诉衷肠倾吐苦水宣泄委屈。

直觉果然没有错，经过将近一年的连连受挫，我第一次碰到了运气！

比起很多拒人于千里之外的、让人畏怯、让人体面尽失、让人忍气吞声又不得不强迫自己唯唯诺诺的职能部门里的鄙夷与冷漠，统战部里温暖如春。多年后得知，原来这里的曾志权部长本身就是一位极有口碑的正人君子。

曾部长少小投身革命，长期在学校从事行政管理，"文革"后期曾为学校冤假错案的平反做过大量工作，特别是在我去国后他自己为时不多的日子里，依然坚持在病榻上接待来访，积极与有关方面协调，为落实知识分子政策可谓鞠躬尽瘁，死而后已。

　　记得当时的他让我一见如故：温润、正派、诚挚、虚怀若谷、平易近人，最重要的是心有定力与主动担当，一下子让四处碰壁的我找到了"家"的依靠。他落座在我的对面，静静地，专注地，倾听一个不幸者的半生蹉跎，时有提问，不厌其烦，说到动情处，我甚至捕捉到了他目光中闪烁的悲悯，最后，亲手交给我一本《台胞手册》。

　　可是我当时已经无暇顾及那本小册子的有与无，如梦如幻，完全陶醉在一种从未有过的、足以融化周身的体恤与照拂的温暖之中。那种原本遥不可及的、对广大"根红苗正"的同伴们却习以为常的倾心呵护，让我有如久旱逢甘露，幸福得不知所以……

　　如今想来，那也正是一次恰逢其时的侥幸，诚如《围城》中钱锺书先生所叹：里边的人想出去，外边的人想进来。正当我们望门兴叹欲罢不能的时候，当年赴台的军政人员归心似箭，辗转回乡的探亲潮已经悄然而生。针对台湾当局被迫出台的《探亲办法》，大陆积极因应全力促成，在新颁布的《台胞手册》中特意制定了一款特别宽泛的条文，其大意是：大陆台属可以到海外任何国家任何地区与在台的亲人会面。

大陆台属可以到海外任何国家任何地区与在台的亲人会面，大陆台属可以到海外任何国家任何地区与在台的亲人会面……

这难道不正是一扇畅开着的大门吗？穷途末路，心音雷动，我双手捧着那本小小的《台胞手册》屏息凝神，让目光在这款条文上一遍遍游走，用十二分的谨慎逐字逐句解读其中之真意，用鸡蛋里边找骨头的挑剔从各个方面预测它可能存在的种种不利，当笃定这就是一条没有任何力量能够阻挡的可行之道时，它当即成了我心中的尚方宝剑。踏破铁鞋，峰回路转，我们艰难的出国之路瞬间柳暗花明。

放弃"陪教"，争取"与在台亲人会面"，曲线赴日，重新办理申请护照与签证所需要的各种手续。

速与二舅取得联系，我名正言顺地以台属身份向校内外有关部门依次递交了与二舅在日会面的护照申请，当然是带着两个儿子。

必须说明，因为之前学校有来自北京限制孩子出境的指示，在办理校内各种手续时自然阻力重重，还是那位可敬的曾部长，他主动派工作人员与我联系，密切关注事态进展，遇到障碍，亲自出马，巧妙周旋，使我得以顺利闯关。

以小见大，以近及远，从他身上我看到了一位合格的统战工作者的可贵：他们不仅以大局为重，而且心怀苍生，在纷繁复杂的环境中机动灵活，以柔克刚，最大限度地扩大党的统一战线。比起那些或者极左，或者害怕担当，或者心胸狭隘却口口声声以党的利益为重的尸位素餐者，实乃国之大幸，民之大幸！

之后，信心满满地期待了半个月，又节外生枝，所递申请再次被否决，原因是，二舅从台湾所寄的材料中缺少那个时代所必备的在日《经济担保书》。而《经济担保书》须由日方的亲朋提供，二舅根本没有日本朋友可以托付，于是僵局再现。

我想到了为这次所谓的"会面"给我和孩子做担保的前川幸雄教授，以及日本人士的极端认真。

前川教授与我们有过深交，他本人甚至在西安外院工作过一年，却依然很难理解陆台两地的中国人为什么要煞费苦心绕道日本会面。先生拜托他的时候，特意带了一位台湾留学生，三个人彼此用当时尚非娴熟的异国语言绊绊磕磕梳理了一遍中国的现当代史，总算让对方明白了时势之复杂，想来何等不易！如今要为二舅在日另谋一位与之素昧平生的经济担保人，岂非白日做梦？

于是，我只能在无数个不可能中继续寻寻觅觅，苦思冥想。

如果，我说如果，如果我想到月亮上去会一会玉兔嫦娥，立刻有一架云梯从天而降，大概全世界的人都会说这人一定是疯了，简直痴人说梦！

然而，不着边际的，梦一般的奇迹，还真的就出现了：一位美国驻日使馆人员向我们伸出了援助之手。

之后，我们得到了两帧彩照，一帧是笑容可掬的美国乔治·赫伯特·沃克·布什总统一手搂一个可爱的美国小男孩，一个黄头发，一个黑头发；一帧是一位美丽端庄的中国女性。女性是那个黑发孩子的妈妈，黑发孩子是那位驻日使馆人员的儿子，同时也是当年和二舅一起赴台，几十年患难与共情如手足的龚济州先生的亲外孙。

这是要怎样超常的想象力才能编织出的天方夜谭啊！然而它竟真真切切地发生了。

这两帧彩照至今完好地保存在我们的相册里，对我们来说，上面的人物在云里，在雾里，把我们的一些岁月记忆和他们的影像铺排在一起，甚为突兀。但是，正是这毫不搭界的突兀，为我们波澜起伏的家族史平添了一笔决定性的传奇色彩，看来必须好好珍存！

又是一次绝处逢生！

我那九曲十八弯的陪教之路终于眼看要畅通无阻了。一位曾经的同窗闺蜜前来送行，对方当年属于那种根红苗正的时代幸运儿，既入了团，入了党，又进了国家保密单位，曾经让我百般羡慕。可是完全没有想到，此时的她竟告诉我自己也有一位舅舅去了台湾，希望能帮着打听一下。看着她耐人寻味的神色，我无言以对。能说什么呢？她绝对是一位非常正统的好姐妹，连择偶的对象都是一名光荣的解放军军官，自己出色的工作业绩也足以证明对党和国家的忠诚。更何况，我已经知道智慧如她者，遍布全国各个行业领域！对此，有谁能强迫一个孩子用稚嫩的肩膀去承担一个时代的沉重呢？应该说谁都没有这个权力。怪只怪自己，高考之前遵从老师关于"忠诚"的说教，硬着脖颈与父母作对，如实填报了二舅赴台，却全然不知"敌台关系"的厉害，以致飞蛾扑灯，引火烧身。幸亏世事沧桑，昔日之弊成了日后之利，成了解决我赴日解困的不二路径。细细思忖，人生况味，五味杂陈。如果说区区如我，愚钝如我，冥顽如我，能"失之东隅，收之桑榆"，时也，命也；如果说此生竟也会有让人羡慕的时候，便只能深深感恩上帝对自己极具匠心的人生设计。

四　柳暗花明

领到护照并不是我艰难曲折之路的终了，在等待日本使馆签证通知的时候，一封二舅不日归国探亲的家书不期而至，因为已经耄耋之年的外婆身体欠安。这出人世间最动人心弦的悲喜剧的即将发生，让我一则以盼，一则以惊。毋庸置疑，"到日会面"之说势必将因此而成为虚谈，来之不易的所有努力都面临功亏一篑，付之东流。

速与外院的姑父姑姑商定后，我必须带着两个儿子仓促离校，提前赴京。

在没有得到签证的情况下做这样的决定是需要勇气的，孩子弃学大人停薪留职，意味着破釜沉舟再无回头之路，可谋事在人成事则在天啊！这样的冒险大大有悖于我和先生一贯的谨慎。在一场场与亲朋道别的欢声笑语中，我内心所积压的沉重只有姑父姑姑清楚，出国，竟蒙上了孤注一掷落荒而逃的阴影，可悲可叹，可悲可叹！

北京等待签证的日子是难耐的，却也是别有一番滋味的。

前途未卜，流离失所，而况这个过程按常规需坚持一月之久，我和先生焦躁不安，惶惶不可终日，多亏姑夫姑姑事先委托了北京某学院的高叔叔接应。

三位长辈"文革"中在咸阳轻工业学院同是天涯沦落人。"文革"结束后，高回北京，姑父姑姑回西安。高叔叔重情重义，以一位老人的仁慈及时接济，一见面便让我心理上有了依靠。

这位当时六十出头、高大儒雅的长辈身上，有着鲜明的历经政治磨难的特质：他神情稳健，心思缜密，谈吐严谨，行事机敏果断。取得联系后，他连老伴儿都没知会一声随即接我们进校进家食宿，继而安排我们在学校家属楼一套比较隐蔽的单元房里住下，同时叮嘱：尽量不要与周边人搭话，有事直接找他，既来之则安之，先利用这段时间到各景点好好玩玩。

我自然言听计从。那段时间，为抵消签证尚无完全把握，而二舅已经回归，"日本会面"已成虚谈的巨大压力，我惴惴不安地带着儿子们拿着地图早出晚归，把北京该玩的地方一直玩到无处可去。一番释放后，强迫自己沉下心和孩子们一起学习日语。晚饭后，我们最常去的地方是马路对面的八一湖公园，那里风景绮丽，人群喧闹，既安全又可苦中作乐打发时间。

按照高叔叔的叮嘱，我们在该学院出出进进一直格外谨慎，一个多月除了在食堂打饭，几乎没敢和任何陌生人搭过话。

不过很快发现，倒是我们所住的那套三居室单元房内情况异常。其中一间房门白天挂锁，夜间却时有响动。经过几天观察，发现里边似乎住着一位文质彬彬的中年男子，他很神秘，当然我们也很警惕，彼此间好像都在有意回避，偶有身影闪现，谁和谁都没打过照面搭过话。我想高叔叔不会对此人有所不知。不该知道的不去打听，如此，大家在沉默中倒也相安无事。

  那段时间我母子完全与世隔绝，连两家的老人都因得不到音信而相互打听，只有高叔叔，隔三岔五，或送来一沓报纸、几本杂志，或转交一封先生的来信。高叔叔还经常和我们聊天，聊的最多的是他与姑父姑姑的陈年往事，特别是有关姑父的。看得出，我们的出现，波及了老人心底与一位国际难友的感情涟漪。这让我想起我们赴京前，一贯不善言辞的姑父，他当时用有点走调的中国话向我细述从火车站通往该学院的一个个地名，既熟悉，又充满情感。

  直到有一天，我们终于拿到签证准备第二天离开。晚上，我总觉着同一屋檐下相处月余好像应该打个招呼，便和孩子们一起礼貌地敲开了那扇总是紧闭着的门。不料，不说不知道，一说吓一跳，原来彼此竟是西安的近邻。对方就在钟表研究所工作，和我们学校仅隔一所财经学院，借调北京一年多，不久也要去日本。世界不大，今日始信！清楚了我们的底细后对方苦笑着袒露，他一直以为我们是来京告状的，顿时单元房里长时间弥漫的沉闷空气一扫而光，四个人开怀大笑。想想也是，既不是寒暑假期又非节日，两个本该在学校读书的半大孩子被一个中年妇女整天领着瞎逛，总归惹眼，连想起带着儿子们在公交车上不止一次遇到的异样眼神，似乎若有所悟。

不过这位神秘的朋友还真没猜错，当我被迫带着两个儿子提前离开西安落荒而逃的时候，早已做好了如遇不测直接找中央统战部，甚至求见德高望重的邓颖超前辈的决心。既然破釜沉舟，除了背水一战，岂有他乎？学校统战部的经历已经大大增强了我争取权益的信心，乃至决心！

第二天上午，高叔叔从学校后勤找来一辆汽车亲自送我们到首都机场，直至过了安检。在他招手挥别转身而去的那一刻，我不禁湿了眼眶：对他而言，了却了一份国际友人的重托；对我们而言，从被接到被送，一个多月的雪中送炭，一份极为难得的慈父般的庇护与关照，足以让人回味终生。岁寒结知己，患难见真情，我想这是对这段恩遇最贴切的概括。高叔叔，您永远活在我们心中。

直到登上日航，不，直到飞机升空数分钟之后，我才彻底放下了空悬一个多月的惴惴不安，一切变数都绝无可能了！

否极泰来，尘埃落定，在各路神仙的前护后佑之下，我终于带着两个儿子从国门初启的缝隙中挤身而出，在那个极为特殊的年代。

1988年6月8日19点18分，熙熙攘攘的新大阪机场大厅，我们一家聚首东瀛。

2014年

南通　马氏墨庄芳草园

寄居

"长亭外,古道边,芳草碧连天。晚风拂柳笛声残,夕阳山外山……"——《送别》,弘一法师李叔同传世之作,《城南旧事》主题曲,一首勾起我"城北旧事"的歌。

共和国诞生在即,腐朽不堪的国民政府溃退台湾,去留一时成了一些国军官兵的艰难抉择。和父亲同在西郊飞机场服役的二舅却跃跃欲试，决意和他的小伙伴漂洋过海去体验一把全新的生活。在母亲的满面泪水中，这位时年16周岁的青年独自随大部队而去。留下来的父亲骤然转身，成了一名没有职业的赋闲人。这个最初以满腔热血投笔从戎浴血抗日的燕赵汉子，此时像个被历史的巨浪摔打得蒙头转向的弄潮儿，四顾茫然。我们的三口之家在新旧社会更迭的巨大变革中，一时没了生计。

困顿之时，伯父召唤我们过去同住，那里还有伯母和过继给他们的胞姐。可耿直倔强的父亲哪里肯轻易放下他那宁折勿弯的身段，迟迟不肯，哪怕是手足之情。结果是，秦琼卖马，子胥吹箫，生存法则让昔日壮士陷于空前尴尬：我们的小家在风雨飘摇中勉强支撑了一段时日后，还是不得不暂时走进伯父的那座独门独院。

伯父的独门独院套在一个大杂院中。大杂院位于火车站以东接近东闸口的地方。它北依陇海铁路，南接环城北路，两路之间坐北而朝南。出大院南门横过环城北路跨上对面的一条人行道，眼底是破败的城壕沟，沟底水边杂木凌乱荒草萋萋；迎面是满目疮痍的明城墙，垮塌和洞穴的蚕噬随处可见。高墙里边，是3000多年间历经无数辉煌与坎坷的西安古城。

大杂院里有一个很大很深的炸弹坑，据说与附近一个叫"豆芽坑"的均属那段被侵时代的记忆：当年山西沦陷，日寇盘踞黄河风陵渡觊觎西北重镇西安，潼关军民隔岸阻击抵死防守不教敌人渡雄关，敌机便隔三岔五从空中进犯向地面狂轰滥炸。

围着那个让人触目惊心的战争伤疤，拐弯抹角，周边放射状挤满了从大饥荒和战乱中挣扎过来开始各种营生的小家小户，连大坑底部乃至缓缓而上的坡岸上，也高高低低零落着遮风挡雨的窝棚。这些住户多系河南人，基本是扒火车沿陇海线陆续逃出的难民。他们背井离乡，死里逃生，群聚于此，一时间让河南口音成了秦地大院的主旋律。颇具多元传统开放意识的唐都后裔们在拮据之时宽厚地接纳了他们。他们则与广布三秦各地的河南老乡众口一词，将身边凡操陕西口音者，一律称之为"此地人"，委婉道出自己的寄居身份。

说起这种文化现象也堪为奇迹：很难想象，在那样一个兵荒马乱民不聊生传媒极不发达的非常年代，是哪位智者首先产生了这种文化自觉发出了这第一声，而它又是通过什么方式得以普及让流落各地的老乡统一了口径。问题是，这种文绉绉的众口一词让当时未谙世事的孩子们普遍犯了难，他们不明白"ci di"这两个古怪发音的真正含义，索性囫囵吞枣，多在识文断字之前误将其理解为"西安"二字的专用别名，及至日后离开西安移至他处，又听长辈针对那里的人也口出此言，便立时目瞪口呆……唉！一声"此地人"，深含流离失所者寄居的酸楚，竟也让那种酸楚徒生了一丝让人哭笑不得的风趣。

伯父的小院可以称之为大杂院里的特区。它位于大院的最南端，进大院南大门贴南墙径直向东一条胡同，里边格式一致的独门独院一家挨着一家，伯父住顶头最后一户。胡同人家比不得毫无隐私可言的赤贫难民，通常深藏不露，家家大门紧闭，也少有外人涉足，加之解放伊始杂院墙外的环城路上人声寥落车马稀，这里就成了一处偏于一隅的清静之地。虽然比起城里边南院门一带商贾名流的深宅大院，无论是恢弘的整体气势，还是精巧风致独具匠心的局部构筑，这里都实在是小巫见大巫，不过是一排被土墙围着的普通民宅而已，但较之其身后大片五花八门高低参差的棚户区，还是有点时下集别墅、公寓为一体的小区中别墅群的范儿。

伯父的那两扇大门里边可谓简洁空旷至极，偌大一个院子，既没有大户人家所常见的照壁、花坛、葡萄架、石桌凳等装点，也丝毫看不到寻常人家的杂物堆积，一尘不染的黄土地面光溜溜的，连棵小草都不见，迎门无遮无拦横着一间长长的上房，东侧一排厦子房与之成掎角之势。

长长的上房里格局与院子一样简洁明快，不是常见的那种门设正中的一明两暗，而是门偏于东侧，整个儿一个大通间，由于过于纵深，尽管朝向很好依旧光线偏暗。里面的家具简单到尽是生活必需几乎无一多余，考究而不奢华，色泽与式样也都彰显着让人不敢轻举妄动的庄重。由是，满屋子的殷实阔绰笼罩着一种莫名的军容整肃的严谨。最具代表性并让我至今记忆犹新的，是寥寥无几中一张由伯父专享的欧式铜质单人高背架子床。因为在某个反映战争年代的影视中曾经闪现，其威严与尊贵不言而喻。它就摆在一进门最显眼的地方，让高出地面两三个台阶的上房更显气派。而旁边与地面持平的厦子房的第一间，即是我和父母寄居的地方。

平心而论，主客房之别绝非好心的伯父有意而为，因为他不可能预测到有朝一日我们的进住。但是，屋里屋外冷冰冰硬邦邦，有家之名而无家之温馨气息更像是机关部队的眷屋氛围，加上耿耿于怀的寄居身份，不难想象原本就不苟言笑的父亲当时之心境，之脸色。

大人的情绪自然会影响到善于察言观色的孩子。幸运的是，一个充满无限乐趣的所在磁石般吸引了一个小女孩的双眸，淡化了一院子的沉闷，抚慰了那颗惴惴不安的童心——这座独门独院里人迹罕至的后半部分。

推开隐蔽在上房与东屋之间通往后院的小门，静悄悄的围墙里热闹非凡：一畦畦碧绿碧绿的菜蔬整整齐齐覆盖着地面，一片片花丛姹紫嫣红，有几棵花儿硕大娇艳，甚是诱人，让那个幼小的生命第一次领略了满眼奇珍的妙不可言。

想此一生爱花如痴，爱到"不可救药"，莫不正是缘于那次惊艳的启蒙？

既然一见钟情，从此便被牵了魂儿似的老往那儿跑，何况还有蜜蜂蝴蝶与年长两岁的姐姐为伴，以至于后来与姐姐藏猫猫的时候，嬉戏的脚步无意中又探到了另一个秘密——一孔窑洞。

窑洞隐匿在墙角长满花草的一小片空地上，砖砌的洞口高出地面，小心翼翼登上边沿儿朝里探望，层层台阶缓缓而下，伸向黑黢黢的有些吓人的未知。曾经被大人领着下去过，那是在极热的盛夏，里边并不太黑，有床、桌凳和些许零食。洞外烈日如火，洞里凉爽宜人，在那个既没电扇也没空调的年代，能躲在里边消暑纳凉着实是一种难得的享受。多年后念及这些，总不免感叹讲究人家的别样生活。

但是突然有一天，联想到后边大院子中间的那个骇人的炸弹坑，恍惚中又若有所悟：难道它就不可能是一孔躲避空袭的防空洞么？

果然，一番资料查实，1937 至 1944 整整七年的西安大轰炸中，钟楼警报频鸣，百姓闻风奔走，各找门路，能跑到围城一周几乎被掏空的城墙洞是最安全的选择。避之不及者，死伤街头时有所闻。于是，这种设在自家院子可随时进去避祸的洞穴应运而生，且并不鲜见。

再后来，又一个若非想象力极为超凡绝对难以意料的秘密愈发令人瞠目结舌——当初的那座独门独院并不属于伯父，它是一所随国民政府撤退台湾的国军军官的宅第。该房主其时怀着对蒋政府反攻大陆不久重归的梦想，仓皇之中安排了一名文职属下居家看管。那位被委托者，即是伯父。

原来伯父一家竟与我们无二，皆是寄居之客！

再再后来的故事不言而喻，局定天下，一枕黄粱，泥牛入海无消息。那座小院在伯父的看管下支撑多年后，土崩瓦解于一次城市扩建，一个典型的寄居物语了结在时代变迁的如烟往事中，包括那孔让人临时栖身避祸的防空窑洞。

如今想来，这座院落的真正主人又何尝不是寄居客呢？我们甚至可以毫不夸张地说，对"羁旅"苦味品咂得最透彻的，莫过于这位筑屋者。出走之前姑且不论，院中屋内非比寻常的布局摆设已足见其惶惶不可终日的寄居心态。出走之后，隔海相望，让他朝思暮想念念难忘以至缠绵终生的，除了留在大陆的至亲故园，必是这托人看管着的，坐落在西安北城墙根儿的独门独院。恰道是："黯乡魂，追旅思，夜夜除非，好梦留人睡。"即便他客居台湾后又重获玉宇琼楼，锦城虽云乐，何如早还家？

我不止一次地臆想过，在两岸关系冰释后的一波波游子回归潮中，也许有那么一天，也许有那么一位"乡音未改鬓毛衰"的弯腰驼背的老者，茫茫然伫立在环城北路的护城河（曾经的城壕沟）边，面对着已经变成宽阔大道的那座大院儿的遗址和目不暇接的滚滚车流，该是怎样的心潮起伏思绪跌宕浮想联翩久久不忍离去呢？

"天地者，万物之逆旅；光阴者，百代之过客。"进入晚境后多有走动，每每面对一座寂寞无主一派衰容的名宅大院无限感慨无限惆怅时，那个遥远的、飘渺的、如梦如幻却给了我真切感悟的寄居故事，总是如影随形浮上心头。人生如寄，得失自然，那是最早的、影响并指导了我一辈子的人生启迪,深深的。

2015 年
杭州

懂你

　　父亲有一张青年时期的戎装照，目光炯炯，冷峻逼人，见过的人都说是神情英武十足的军人相，我却觉得横眉冷对得太过无情，诚如他一生给予我和家人的威严。

　　听说父亲少时即秉性刚烈，求学时逢日寇侵华，与伯父一起投笔从戎，不久便在内蒙古战区任少尉骑兵排长，战事最为激烈时，曾率敢死队英勇上阵。

  我对这些都深信不疑，以他长期给我的直觉。我同时也能想象这两个半大男人的狂放与草率，出走时竟和家里连个招呼都不打。他们哪里想得到两个儿子双双出走又长期杳无音讯，对一个家庭，特别是一位母亲，该是何等致命。

  小时候听到这些，看着泪水枯竭几近失明的奶奶，只是感到那是一段让人特别遗憾的过往，文学作品中也多有所见。直到有一天自己也做了两个儿子的母亲，才陡然意识到奶奶当年没有发疯，真乃万幸！

  父亲出走后的那段经历可以用云遮雾罩形容，让我最早对他产生这种感觉在入小学之后。当时学校经常要求填报家长履历，那是我们那个年代的特色。也就是那一次次的填报，让我过早地接触了"奉命"这个词。从父亲的口述中，我隐约感到他的整个青年时期好像就是匆匆行色，频繁地"奉命"奔波，无论投身哪里，都是一片硝烟。残酷的战争虽没让他像伯父那样伤了一只手，却也因长期紧扎绑腿，两根细棍儿似的长腿几乎没了小腿肚子。

总之，毋庸置疑，父亲是当之无愧的爱国青年。这也符合近年来党和国家对抗战国军的逐渐认可。

可是真正读懂父亲，对我来说并不轻松。

大概是小学毕业前夕，学校又一次要求填报家长履历，我如常坐在父亲身边听他述说重复了多次的过去。不知道为什么，一贯少言寡语的父亲那天突然一反常态，讲着讲着，竟对我说起他当年随部队"奉命"赶赴某地与鬼子鏖战的往事。那一刻，他兴致勃勃，脸上出现了从未见过的振奋、果敢、自豪。我大为震惊，因为那时我已经通过启蒙教育非常沮丧地知道，同样是军人，父亲所属的军种和光荣的八路军、新四军完全是两码事，甚至是非常负面的。于是我十分不解地反问：

"国民党也打日本鬼子吗？老师可不是这样说的。"

但见父亲脸色一沉，少顷，不轻不重地给了我四个字：

"你懂什么！"

我当然不相信他会撒谎，但也丝毫动摇不了长期接受的学校教育。几十年来他所属的国军在抗战中的角色，一片扑朔迷离。

豁然开朗的感觉是无法用语言形容的。

时过境迁，我常常陷入沉思，反刍自己与父亲间的点点滴滴，试着推开他紧闭的心门。

他的一贯威严让我从来不敢靠近，可以说那次履历填报是我第一次也是唯一一次感受父亲的亲近——他竟视我为贴己！可惜不过几分钟，可惜结果并不愉快。事后，我也只惊讶于自己的冒失，丝毫没有不安。

如今想来，我对父亲何其残忍！

屈辱的生平本来就难以释怀，本想用双唇紧闭去回避，却硬是让我一次次以最正当、最冠冕堂皇的理由打破他的沉默。他的叙述从不涉生死壮举，就是一份份简单的线路图，仅有的一次情不自禁，还在敞开心扉宣泄激情的瞬间被我当头棒喝，昙花一现，转瞬即逝。这种来自亲生女儿有关人格的误解与冒犯，让一个做父亲的情何以堪？百口莫辩，欲说还休，父亲只能彻底埋葬自己的青春。

最最不敢直面的是，他何尝不知自己的历史对亲生骨肉前途的危害，深深的负罪感与愧疚感本来就让他备受折磨，而我的填报央求恰恰是对他的无情逼迫。

唉，我这个不懂事的孩子，当时怎么就没想到留一份底稿自己照抄呢？一次次将父亲那颗受伤的心蹂躏得面目全非却浑然不觉。

解放前夕，父亲与二舅同在飞机场服役。二舅只身赴台，父亲没有前去。这个曾经跃马扬鞭驰骋沙场的燕赵汉子从此落寞，那种从骨子里散发着的傲慢与倔强被随后几十年生存的艰辛风化得无影无踪，直至73岁黯然辞世。我的命运也自然因父亲与二舅被框定。

我很早就知道自己出身的先天不足，不能一如常人尽享生命的舒展，必须用一生修炼自己——精神上出世，清心寡欲；生存能力上积极入世，最大可能地提升生命的能量。既然没有资格选择历史，那就耐心等待历史的一次次选择。

我谨小慎微，习惯于"灯火阑珊"，着意用内敛为自己构筑一份安全。求学时被同学戏称"隐士"，不愿发挥特长被体育老师骂过"没出息",工作后又被好友取笑为"狗肉不上席"。其实我也曾怨天尤人,内心无数次涌动过不甘,不甘,不甘!甚至在最失败的时候曾经对父亲心生抱怨。

历史终于还原了它的真相,父亲那批爱国者得到正名,我所有的渺小与卑微、委屈与不甘、自艾与自怨,随着成分论在社会生活中的淡去而烟消云散。我非常庆幸自己能替父亲看到这一天,同时也能非常坦然地、淡然地面对过去:一切缘于时势,社会变革、历史过渡总要以巨大的阵痛为代价,我的代价微不足道,何况并非全是不幸。

经过漫长人生历练后的我想对父亲说,女儿现在不仅懂得了你,还要深深感谢你屈辱生平带给我的长期压抑:我深深地知道,正是这种压抑,它像一个模子,束缚了、限制了、规矩了一个本不安分时常骚动的灵魂,塑造了我必备的,也是至今最自我满意的传统女性意识,并鞭策我始终没有自暴自弃。所有曾经苦苦仰慕苦苦期冀孜孜以求而求之不得的所谓一个个人生高度,早已被我视如草芥,而恰恰是您影响了我一生的昨天,保证了我多彩人生后半部的比较顺遂，这对于女儿，才是最最重要的。

安息吧，父亲，我是幸运的！

2009 年

陕西师大

再说懂你

2015年9月3日,国家举办了声势浩大的抗日战争暨反法西斯战争胜利70周年大阅兵。在通过天安门广场的抗战老兵方阵中,国民党军队抗战老兵的军车赫然显现,第一次和八路军、新四军、东北抗联、华南游击队等各路抗战英雄并驾齐驱，在庄严肃穆的军乐声中一起豪迈地通过了主席台。全体老兵的平均年龄90岁，最年长者102岁。当这些从枪林弹雨中走出的耄耋老人齐齐举着颤抖的右手，向祖国庄严致敬，向人民郑重汇报的时候，那种撼天动地的浩然正气勃勃迸发，湿润了电视机前无数观众的眼眶。

国民党老兵参加阅兵式的这个第一次，标志着祖国对这批曾经为之出生入死付出极大牺牲的赤子们的认可与抚慰；标志着执政党对70年前的那场抗战做出了全面、正确的定性——抗战是全民族的独立解放运动，国民党领导的正面战场和共产党领导的敌后战场，构成了全民族抗战的主战场，两者缺一不可；标志着天安门广场的人民英雄纪念碑上，从此有了抗战国军的身影。

党和国家这种尊重历史的举措是这次阅兵的新亮点，顺民意，得人心，举世瞩目，意义空前。

我想，最近几年，包括《淞沪会战》《血战台儿庄》《远征军》等一批影视节目，深为广大观众关注乃至热衷，已经充分证明了这一点。

《家庭》2015年第14期、《读者》2015年第18期披露，据一位在卢沟桥中国人民抗日战争纪念馆工作、多年从事研究并出版了9本抗战纪实文学的方军先生统计，中国军队与日军展开过22次大型会战，1117次重型战役，38931次小型战斗。他不无感慨地说："国军打的那些大仗、恶仗，一打就是几个月，一死就是几万人，当时国民党陆军伤亡3211419人，空军阵亡4321人，其中上将21人，中将73人，少将167名。所以，无论八路军、新四军，还是国军将士，都是为了国家和民族利益而战，他们都是我们的民族英雄。"

他甚至对记者说："采访这些老兵的意义，不仅为历史留下证言，更在于汲取经验教训。我统计过，国军抗战将士的直系、旁系亲属有2000万人，像导演张艺谋、陈凯歌，地产商潘石屹等人，都是国军抗战将士的后代。我希望通过自己的努力，让社会民众认识到，只有善待这些老兵，才能在未来的反侵略战争中鼓舞军队的士气。"

一位普通的共和国退伍军人，通过自己一个个具体的义举，一次次艰苦的挖掘，努力完整抗战史，喊出发人深省的正义之声，促使长期被遗忘而赤心不改的最后一批抗战亲历者走入国人视线，并由此带动了越来越多关爱老兵的民间团体和志愿者。实属难能可贵！

阅兵仪式上，所有受阅的老兵都身着国家提前为之量身定做的自己所属军种的军服，国军也没有例外。更可喜的是：国家民政部颁布了红头文件，将原国民党抗战老兵列入优抚对象，享有与解放军同等的社会养老保障待遇。11月7日新加坡的"习马会"上，国家主席提出：70年前的那场抗战史，将由陆台两地专家联合书写。

"家祭无忘告乃翁。"几十年来，我和父亲的命运随同国家的命运而起伏跌宕，历史最终还是还了这批热血青年一个公正。这天翻地覆的沧桑巨变，当可慰藉父亲的在天之灵了。

有位网友说："一位老兵爷爷一直在阅兵车上抹眼泪，那一幕，格外让人动容……"

英雄流血不流泪，勇士垂暮，老泪潸然，难免让人扼腕感喟。那位网友没有深究老人不能自抑的心迹，当然也不是他们这一代生在蜜罐长在蜜罐的小年轻所能揣摩到的。我想，那位老兵如果是国军前辈，他老人家的泪水里固然有对几十年来苦涩境遇的不堪回首，但更多的，一定是自己赤诚报国的履历终被认可的情感宣泄，还有对战火中一个个倒在自己身边的年轻弟兄们的深情告慰。抗战英雄的光荣身份，绝对是这批爱国志士最为在乎的——方军义士苦苦寻找到的许多老兵的共同心声，已经无可置疑地证明了这一点。

父亲，诚如你所言，少年的我的确什么都不懂，但是现在，我想我已经深深地懂得了你。

2015 年

杭州

牡丹鹦鹉

有花岂能无鸟？本想买回一对虎皮鹦鹉，喜欢它羽色华美，体态小巧，有亲近感，没想到一到鸟市，更加夺目的牡丹鹦鹉让人一见钟情，红绿黄黑等几种色调在它们身上很协调地搭配，又很柔和地相互印晕，毛茸茸呆萌萌，憨态可掬，据说配偶间还情意绵绵有如鸳鸯，可谓集艳丽、可人、灵性于一身。

于是后花园的凌霄架下悬挂了一只白色别墅式鸟笼，于是一对"新人"被请进爱巢，于是满园的花草为之欢欣为之增色，于是每日里添食儿换水清理污物成为一大乐趣。

爱情鸟，名不虚传，我从书本里加深了对它们的认识，又亲眼看到了两位耳鬓厮磨卿卿我我须臾不离，外加那从早到晚没完没了的啁啾互答喋喋不休。花香鸟语，物我相宜，皆大欢喜，一切多么和谐，多么美好。

在一个不必赶点上班的星期天的清晨，残梦依稀，我懒散地推开后门下到院子，向着那对儿幸福的情侣走去。

一夜风雨，凌霄架上绿肥红瘦，一棚浓郁一如既往严严实实地遮盖着垂吊着的白色爱巢。

未及近前，几声急切的孤鸣立时引起我的警觉，三步并作两步走到跟前，天啊，"别墅"里怎么只剩下了一只鸟！只见那位一贯欢蹦乱跳活力四射的昔日"丽人"，此时形单影只，戚戚哀哀，颤颤巍巍，一副劫后余生失魂落魄可怜兮兮状。失伴鸳鸯，总归让人格外怜惜。

是野猫？黄鼠狼？还是……？种种可能发生在夜幕中的惊恐与搏斗，惨烈与罪恶迅速在脑子里幻化着。惊慌失措中，我发现了笼子上那个小小的门的异常。

笼门是一个可以上下活动的机关，平时自然下垂，上面附带有一个坚固的挂钩牢牢扣在笼子上。一钩当关，万夫莫开，隔绝了外界所有的侵扰。

可眼下，那个门的下面与笼子之间出现了一条小小的缝隙，似启未启，欲闭未闭，空悬在那里，上面的挂钩也形同虚设。

毋庸置疑，门，曾经被打开过！

到底是什么家伙具有别开挂钩开启笼门的智慧呢？我思忖着蹲在地上，企图找到案犯的罪证——遗落的血迹甚或羽毛……

冷不丁，背后传来几声啁啾，循声望去，邻家房顶上完好无损地站着那只原以为已经殒了命的鸟。刹那间，失而复得后的万般惊喜，它又随时可能振翅远飞再无从寻觅的提心吊胆，情急之下六神无主不知所措的极端焦虑，一股脑儿涌上心头。我心悬悬，眼睛死死地盯着已经是自由之身的逃逸者，身子却像踩了雷似的僵在那里。

逃逸者在房顶上冷静地与我对视，原地挪动了两下，然后抖了抖漂亮的羽翼，冲着鸟笼一连又是几声。

真相大白，这是一场成功了一半的生死大逃亡！原来这种来自热带丛林或者浩瀚草原的飞禽，更加渴望笼子外面的广阔天地。

可是这一切毕竟太过意外。

我知道，鹦鹉的智商可以与乌鸦相提并论，也领教过其中巧舌类冷不丁口出人语带给的惊与乐，甚至在《鸟的迁徙》视频里，眼睁睁看着押送途中一种矫健的笼中鹦鹉用嘴撬动开关胜利出逃的全过程——它那谋士般成竹在胸的一个个不慌不忙的娴熟动作，几乎就是对人类良苦用心的嘲弄。

问题是我怎么也没有想到，这类以痴情著称的族群中的个别分子，同样具备出逃的潜能。说个别，是因为尽管笼门已经脱钩已经空悬，里边的那位依然没有能力似乎也没有胆量冒险出逃，只会可怜巴巴地守在里边不住地哀鸣。

我猜想，这大抵才是牡丹鹦鹉的本色。它们中的绝大多数不大可能有出格的、甚至让人猝不及防的大作为，一如虎皮鹦鹉，仅仅以美丽的外表供人笼中赏玩而已吧？

先生闻声赶来。他把一块无色透明的玻璃放进笼子，笼子被一分为二隔成两半，滞留在里边的那位被逼到一边，空出了附带笼门的另一半。然后，在笼门的顶部拴上一根长长的细线绳，线绳绕上凌霄架拉进相邻的窗。如此，笼门被吊起敞开，我则手牵线绳在屋内窗下静观那只出逃者的动静。

诱捕——这是一场人与鸟的智斗。

我们除了把希望寄托在牡丹鹦鹉们鸳鸯般的情意绵绵上还能怎么样呢？一旦房顶的那位果能为情牵绊回归巢里，松开手中线绳，笼门自然关闭，大功便可告成。

可天知道胜算几何！虽然它们曾经在笼中千般缠绵万般亲昵，虽然外边的那位至今翅膀上还分明保留着爱的沉重，不然它不会滞留房顶久久不肯离去。但是，毕竟两位的爱情砝码已经发生了不可同日而语的严重失衡，谁知道那位已是自由之身可以尽享大自然风情的机灵鬼，最终会何去何从呢？

一个笼里，一个笼外；里边的凄凄哀哀呼唤不住，外边的原地坚持不离不弃；两位隔空唧啾，商议良久。是去？是留？是分？是和？我在窗下屏息凝神拭目以待，甚至担心裴多菲的高论此时被房顶的那位偷听了去——"生命诚可贵，爱情价更高。若为自由故，两者皆可抛。"

大约过了半个时辰，爱的奇迹终于出现了，看！出逃者一个漂亮地振翅，箭一样原路返回。

"暂分烟岛犹回首，只度寒塘亦共飞。"牡丹鹦鹉在可以改变命运的巨大诱惑面前没有迷失自我，践行了这种相濡以沫生死依依的经典名句，爱情至上，了不起！

一夜过去，又是一个新的清晨。那个已经着意加固了的笼门被轻轻打开，那对儿已经团聚了的情侣在男女主人的恋恋不舍中被双双放飞，白色的别墅式空巢在一丛依墙而立的秀竹之上被高高挂起，里边原封不动地保留着原有的爱情小屋和原套餐具，直至我们举家南迁。

2018 年

杭州

"一夜成龙"与虹桥垮塌

近年来,假文凭泛滥已成社会一大公害。

据《法制日报》1月22日报道,骇人听闻的重庆綦江虹桥重大垮塌事故发生后,居然又爆出,该工程承包单位,原永川市胜利土石方工程公司,以假文凭、假证书骗取施工资格的惊人内幕。

该公司总经理、副经理原本是仅有初中、高中文化水平的农民，他们首先花5000元从武汉某学院买到两本盖有校方钢印的"爆破专业毕业"大专文凭，继而以此骗得爆破资格审查证书。他们就是凭借这些假文凭、假证书，搭班子，揽业务，一路顺风，屡屡得手，虽施工事故不断，而皆能以钱私了之，进而插足到成渝高速公路永川路段"精尖"工程，终于酿出了长桥垮塌、车毁人亡的恶性事故。据揭露，该公司造假成风，"一夜成才"的"工程师"竟多达十几个，而该总经理则已经用买来的假文凭骗得"博士"与"总工程师"证书。

从上述笔者随手所拈一例不难看出，假文凭泛滥之态势，已严重到了祸国殃民。

最近，国家领导人针对当前社会上招聘人才中假文凭现象的严重状况批示：要依法严惩假文凭的制造、贩卖和购买者，各校要加强对学生学籍、档案和文凭存根的保存，各招聘部门要核实应聘者文凭的真伪。

应该说，这将被证明是一种行之有效的好办法。在每所高等学府里，特别是有相当校史的大专院校，都有比较完整的教学档案和科学严谨的管理体制。高校学籍档案，它包括了一个学生的入学被录底册、在校期间的全部成绩、道德操行的优劣表现、毕业验印的编号及文凭存根等等一系列翔实的原始记载。这些档案节节相连，环环相扣，互为印证，缺一不可。可以说，学籍档案是一个专业人才在学期间的全程记载，即我们通常所说的"学历"，学籍档案不存在或不翔实，文凭的真伪就大为可疑。

高校档案是一座珍贵的人才信息库，社会应充分认识它，利用它。我们的要害部门，特别是一些"精尖"工程的用人单位，更应该以国计民生为重，以秉公办事为本，在招标录用人才时慎之又慎，除了查验所录对象的文凭证书外，还应继而索取其与文凭相对应的学籍档案，以此去辨真伪、选英才，如此，骗子成功的可能性就会微乎其微。

高校学籍档案既然有如此至大至重的作用，高校档案管理人员"一夫当关，万夫莫开"的卫士素质就显得尤为重要。他们除了要对每份原始档案兢兢业业、一丝不苟地收集、整理、编目、保管，积极开发检索工具和信息资源，提供热情周到的查询服务之外，还要严格遵守职业操守，提高防范坏人利用学籍档案违法乱纪的意识。对于代替别人查阅个人档案者，务必索要身份证或其他具有较强证明作用的证件，并认真做好证件登记工作，以确保学籍档案真正起到假文凭克星的作用。

1999 年

陕西师大

发表于

《陕西日报》1999 年 5 月 31 日头版

（略有改动）

空巢

一 邂逅

说起空巢不能不先说说我们在福井市的家——文京3丁目1番14号冰川ハイツ,一栋坐落在田原町分叉路上的白色公寓楼。其二楼有两套福井大学为"专任外国人教师"安置的单元房，一套住着一位英格兰籍先生和他的妻儿，一套住着我们。203室，两室两厅，浸染了我们大人孩子四年生活气息的异国之家。

上世纪80年代是日本经济发展的黄金期，又是福井大学安置特聘外教的寓所，里边的设施无须赘言。只是今天我们自己的国家经过近30年经济腾飞，两国人民的居住条件生活水准已经难分轩轾，昔日那种较为强烈的感官上的比差与冲击，早已荡然无存。让人几十年提起来放不下思绪万千魂牵梦萦的，是那个家的方位、环境，以及由此而生的一段刻骨铭心的情怀。

白色公寓楼临街而立，街道不宽，人车稀少。自楼下向北横跨数步，抬脚就是一条与洁静小街并行的小河，河边花草丛生。对岸是一片足球场大的树林，林子北边与之唇齿相依的是福井大学低矮的围墙、旁门。旁门形同虚设，两扇大门终年对外敞开且无人看管。

小河不宽而流水潺潺昼夜不息，树林不大却古木参天郁郁葱葱。它们相互映衬同生共存一派生机，且都以自己的小巧而见长而迷人。试想,如果日夜相伴的不是支流片林,而是巨浪翻卷烟波浩淼的江河湖海、遮天蔽日深不可测的原始森林,心,岂不因失度而空旷,而孤寂,而没着没落。如此夺人魂魄之地,怕只可小憩而不可久居也。

更为难得的是,小河不只是小河,树林不只是树林:

河面上,一座小桥横亘南北。紧依小桥,一条斜径贴坡岸直抵水面。绿草茵茵中循级而下,可以亲近流水的清澈和欢畅,可以静观水族生命们的忙碌与自在。运气好的话,还能看到比铁饼还要大的乌龟或尺把长的游鱼路过。这些水族元老们总是神态安详,从容不迫,走走停停。间或也有锦鲤夺目,雍容华贵,仪态万方。

林子远看黑压压一片葱茏,实则只有临水的河沿一带青松翠蔓密密匝匝,俨然一道森森屏障。雨霁日出,平林初沐,隔岸仰望,高高的绿纱帐上流金披银,鸦鸣鹭绕,一派天然。一旦深入林间,则疏朗敞亮,阳光在林间明灭挥洒,草木之香在温润中浮动升腾,里边兼有巨石、鸟巢、松鼠、木桶、秋千、黄狗……还有一条碎石铺就的蜿蜒小径伸向林子深处靠近福大旁门的一座木屋。

当地住家普遍注重居住环境打理，巴掌大一块片儿土也要经营出或幽玄、或灿烂、或风雅、或天然的心灵寄托。即便寸土皆无，也要从屋脊上垂下一串古朴的铁铸檐铃，或者房前屋后贴墙根摆上各种应时盆花。而眼前这一大片突现于市井建筑群中的林子，以及林中那些挺拔粗壮看起来很有些岁月的银杏、马尾松等，比起周边人家有限的精心着意，着实出类拔萃，气度不凡。

最撩人的，莫过于那座深藏林中却时常被阳光笼罩着的木屋。骑车往来，总忍不住远远地朝它打量，有时甚至会呆呆地傻想：如果里面能传出孩子的哭声、笑声，甚或从门里飞出一对我们两个儿子似的半大小子，林子一定立刻活力四射，愈发诱人。可惜，它总是人迹有无，一派深沉。先生却说，有时傍晚骑车经过，在靠近小路的林边空地上会看到一位30出头的女性孑然伫立，因为是私人领地，四周空空如也，身后又连着那条通往神秘木屋的小径，倒是有几分林子主人的迹象。无论如何吧，那户林中人家的日子一定非比寻常。

总之，幸运之神给了我们一方人地相宜的栖息之所：出家门过小桥，沿林边小路径直向前，三两人家过去，拐入仅仅是形式了一下连门都不曾设置的福大另一小小旁门，抵达先生教书我上课的教育学部，步行用不了一刻钟。作为黄土高原的来客，依林傍水而息而作，大人孩子各司其职，那是一段没齿难忘的近乎奢侈的充实与滋润。

二 初识

抵日后福井大学及时安排了孩子们就学，骥儿在私立北陆高校，骑车沿小河往东直行不到10分钟。骁儿在福井大学附属小学，过了福大还有一多半路程。念他全家最小路途最远又不能骑车，起初由先生送他一程。不料，没过两天骁儿放学一进家门便说："爸爸以后不用送了。"原来学校分派他每天早上要带着附近的两名低年级同学结伴前往。

福井的小学没有家长接送孩子，哪怕是刚从幼稚园入学的学童，以大带小是学校的习惯。也正是这种良好的校风，为骁儿提供了求之不得的学习语言的方便。

初到日本，他们哥俩分别进入一个完全陌生的语言环境。同学间骤然而起的热络很快降温，新鲜过后便是难耐的孤独和不可避免的四处碰壁，这对于尚未成年的孩子无疑是非常艰难的一关。他们必须像破壳沙滩的小海龟拼着命往水里爬，尽快掌握语言学会交流融入集体。记得骁儿在学校很伤心地哭过一次鼻子，骥儿学生手册上发奋自勉的手迹至今读之让人心疼。不可否认，两个学校对孩子们的心理保护都非常重视，分别指派了专任老师协助他们适应环境：附小是有过台湾生活经历的小寺老师，北陆高校是先生电视讲座的现场学生清水老师。她们都尽职尽责，与我们保持密切联系。但是，毕竟语言需要孩子自己一句一句去掌握。所以，骁儿能每天带着两个有赖他保护却语言完全不通的小学弟上学，路上必不可少的交流，本身就是极好的学习，短、平、快直接碰撞，磕磕绊绊中大大提高时效。

之后得知，家附近并非没有本国本校的高年级学生，特意让一个初来乍到完全不懂日语的中国孩子承担陪伴任务，也是附小的良苦用心。50多岁的小林刚校长既是一位和蔼可亲整天被孩子们团团围着的教育家,也是福井大学教育学部的心理学资深教授,亦即先生所尊敬的同僚、前辈。校内偶遇,骁儿的在学状况往往是他们必不可少的话题。

好事成双,让人更加意外的,是骁儿每天早上带领的两名低年级同学之一,居然是隔壁林中木屋里的孩子——C君,一个刚从幼稚园出来稚气未脱的小学童。

小树林和我们很自然地亲近了,它神秘的面纱随之渐退,骁儿成了那里名正言顺的常客。回想我们当初为之惊艳难抵诱惑,曾不揣冒昧,急匆匆聚在林边抢拍过一次全家照的趣事,不禁莞尔。

C君是这个林中人家的长子,爸爸是一位受人尊敬的、传呼机24小时不离身的一家大医院的骨干医生(20世纪80年代传呼机在日本还远未普及,持有者寥寥无几),妈妈是一位典型的日本专职家庭主妇,婷婷袅袅,女人味十足,温柔与善良全写在那张美而不媚的脸上。C君下面有个小他两岁尚在幼稚园的十分可爱的小妹妹,不过大概因为与妹妹年龄相差无几，也或许是因为有妈妈在上面全力护着，C君好像还不大懂做哥哥的义务，依旧懵懂在自己的小天地里。在他眼里，可能妹妹和家里的黄狗差不多，都是他朝夕相处的玩伴。那条黄狗是C君出去玩时尾随跟回的，萍水相逢，却一来便赖着不走了。当然啦，能在这样的家里做宠物，只怕踏破铁鞋无觅处，何乐不为？何况时间一长，C君妈妈也亲昵地次郎次郎地叫着，竟视它为自己的第二个儿子。

果然是一户理想到了不能再理想的幸福之家！

三 天籁

闻说日本天皇有言：妇女若出去工作，孩子由谁教养？此话当真与否不得而知，但现实生活中，绝大多数妇女一怀孕甚至一结婚便安于贤妻良母角色，确是不争的事实，其中不乏接受过高等教育者。男主外，女主内，在这里名副其实。我曾与一位恋爱中的、从中国留学归国的女大学生交换过中日两国妇女不同生活状态的看法，试探她的婚后打算，她委婉地表示，还是准备像自己的母亲一样。由此可见，日本女性对自己的性别认知一脉相承，深入骨髓。即使是赫赫有名的艺人栗原小卷，公共场合能自豪于自己也能做一手好菜，却丝毫不愿显露业务上的实力。日本女性更近似于我国台湾女性，确切地说有过之而无不及。她们着意于温婉，花一样的静美，哪怕是朵带刺的玫瑰。她们自谦、内敛，不显山露水以势逼人；她们在公共场合大多默默不语，静静地看着男人们热闹；她们一旦身为人妻人母，家政便是生活的全部，加上天性温柔、细腻、含蓄、严谨，孩子们所得到的人格塑造方面的给养，自然是心无旁骛的，一丝不苟的，春风化雨的，没有缺失的。

　　林中女主人即是这样一位母亲。除物质给养外，她天使般一尘不染一丝不苟地呵护着孩子们天真稚朴的童心，规范着孩子们合乎公德的言行举止，启迪孩子们的心智，骁儿也有幸受此沾丐。

　　骁儿遵照老师嘱托，每天清晨早早地走进小树林，等着C君在妈妈的忙碌中收拾停当吃好早餐一起上学。C君妈妈总是笑脸相迎把骁儿让进屋，天冷的时候甚至让他坐进电暖桌，桌上摆有事先准备的各种零食，叮嘱他不必拘谨。

　　北陆地区的豪雪是出了名的，尽管我们在吃、穿、用、玩等各方面无一不让孩子们全盘本土化，却唯独不忍让骁儿大雪天穿着短裤光着膝盖脚蹬高腰胶靴去上学，坚持给他穿长裤把裤腿塞进胶靴筒里，可雪还是直往靴筒里灌。也曾试着把裤腿拉出垂至脚面，但在一群"傲雪凌霜"的同学中相形见绌愈发另类。一筹莫展时，是C君妈妈"雪中送炭"：她拿出一双套袖一样的东西套在骁儿的靴筒口上，问题迎刃而解。我们也终于在挫折教育和温情教育之间得以折中。

　　日久天长，林子和林子的女主人让孩子们的天性得到了极好的发挥，给他们的童年营造了不是每个孩子都可以轻易享受的纯天然的乐趣。小家伙们在这片乐园里饶有兴趣地藏猫猫，堆雪人，逗狗，荡秋千，站在石头上踮着脚尖观察鸟巢里孵化卵的变化，趴在福大低矮的墙头上呆呆观察里边另一人群的动静，撅着屁股脑袋凑在一起对着地上几个不经意间冒出的蘑菇叽叽咕咕……他们还曾捧着C君妈妈递到手里的西瓜大快朵颐，边吃边鼓起腮帮努着小嘴儿"噗"的一声,比赛看谁能把嘴里的瓜子吐得更远,以期来年冒出更多的芽,结出更多的瓜。他们甚至找来长竹竿敲落树上的柿子,一口咬下去满嘴发涩吱哩哇啦跑进屋里向C君妈妈求救,这时候的美丽夫人忍俊不禁前俯后仰,笑着告诉孩子们:

"那是给鸟吃的哦,想吃的话,妈妈到超市去买好了。"

"人不能吃吗?"

"人吃也可以,但它还没有成熟。"

"超市里的为什么能吃?"

"那是经过加工催熟的。"

夫人说的没错,福井的秋天随处可见橙色的柿子紫红的枣挂满枝头,一直挂到下雪也没人收,一方面为了诱鸟,一方面为了观赏。正如河里到处是鱼而无人随便垂钓,要垂钓也可以,哪天报纸电视公布了指定地点时间,尽可前往过瘾。

阳光灿烂的日子在忙碌而兴奋的热闹中匆匆结束了。

先生与师大的协议到期,已经考上福大附中但年纪尚小的骁儿不得不随我们一起归国。临行前,C君父母邀请我们全家前往做客。在一个春风袅袅细雨霏霏的傍晚,我们一家四口提着礼物,带着一副骁儿准备留给C君作纪念的滑雪板,走进那座林子,踏进那户幸福的林中人家。

临别福井,不少日本朋友为我们设宴饯行,有的到海边的别墅,有的到附近的温泉,有的到山中的故乡,有的到当地的居酒屋,形式五花八门,内容大致雷同,不外乎友人间劝君更进一杯酒,依依惜别。唯独C君家,孩子唱主角,完全是别有一番滋味的告别场面。

客厅长桌上摆满了丰盛的食品,男女主人热情洋溢礼数周全,C君妹妹时而台前令人捧腹地"歌之舞之",时而对着众人像模像样地拍照,都给这次林中家宴增添了温暖与随和。一阵寒暄过后,C君爸爸正式宣布由C君向骁儿致答谢词并赠送礼品。在大人们的说笑中,两个孩子瞬间进入角色:他们满脸庄重,挺胸抬头走到台前,训练有素地在主宾位置各就各位。但见小C君双手捧着提前准备好的答谢词面对众人一字一句朗声诵读,之后,双手紧贴两边裤缝向骁儿弓身90度，双手献礼；骁儿面对C君伫立一旁静听，然后弓身90度，双手受礼。两个小男人非常正式地完成了一次所谓的仪式，煞有介事，活脱脱一次东京议会厅里政治家们的模拟表演，只差没穿燕尾服。

规矩，让一个人从孩提时代就被母亲精心规范，入学后又继续被塑造、被身体力行，而后渐成自觉。我在为两个孩子热烈鼓掌的同时不得不对邻国的教育肃然起敬。

美好的时光，美好的环境，美好的朋友，美好的印象，酒一样醇香醉人，历久弥新！

四　别梦

六年以后，已经长成大小伙子的骁儿重返日本考入福井大学。他一回到那个熟悉的地方，便迫不及待向着那片给过自己太多快乐太多记忆的小树林匆匆赶去，满怀热望地预想着各种可能爆发的重逢惊喜。但是……但是他很快戛然止步，目瞪口呆，他看到的是房门紧锁人去林空，满目荒芜一片沉寂。他四顾茫然地退出林子，转到邻近住家去打探究竟，答案是：C君爸爸工作调动全家远迁群马，具体住址不详。

后来骁儿告诉我们，经过他多方打听，终于得到了C君家新的住址，试着投信联系，竟然收到了C君妈妈密密麻麻六页纸的一封长信，信中尽述别情近况，力邀其前往做客，还亲手绘制了一张详细的路线图。

一如既往的亲切，一如既往的阳光灿烂，一如既往的热情洋溢！于是，一种失而复得的兴奋在已经分居于三地的我们与两个儿子之间迅速传递。

再后来，骁儿告诉我们，C君妈妈自杀了，C君妹妹电话告知的。

……

迅雷不及掩耳，冲击之大，震撼之强，无以言表，夫人音容笑貌如昨，而鲜活的生命戛然而至，香魂一缕，此去何方？人生固然无常，有关这个民族的生死观也略知一二，然夫人向来温婉可人，柔顺如水，何以走得如此决绝，如此惨烈？虽说"大多好物不坚牢，彩云易散琉璃脆"，可悲剧发生在这样一户人家，还是让人百思难解！

骁儿说起多年前在C君家的一次经历，思之令人惊悚：

"妈妈，咱们两个谁先死？"C君冷不丁莫名其妙地向妈妈发问。

"……正常情况下，应该是妈妈。可是孩子，为什么突然问这些？"美丽夫人灿烂的脸上掠过一丝阴云，犹豫了一下说。

林中空气骤然凝结，在场的大人孩子全都陷入一阵讳莫如深的沉重……

2012年，两个儿子陪同我们重访冰川ハイツ。我原本是不准备再踏进那片林子的，"探春尽是，伤离意绪"，何况那里是自己目之不敢触及的地方。

但是，小树林离冰川ハイツ实在是太近太近了，紧贴公寓楼的小路以北，正在进行着的天翻地覆的大型水利工程把我吃惊的目光很自然地引到了那片伤心之地：树林不见了！木屋也不见了！除了靠近福大旁门处稀稀拉拉所剩无几的三五棵树外，整个儿是一片空旷的杂乱无章的施工现场，连那条多年来一直在心上静静流淌的小河，也变成了平展展的柏油地面。走到尚未封顶的裸露处低头细看，钢筋水泥板下，一道宏阔的喧嚣奔腾的激流，匆匆而过。

我已经身不由己，急切切昏沉沉高一脚低一脚绕道向木屋遗址走去，及至近前，木屋的原址上没留下半点蛛丝马迹，脚下斑驳的绿苔已经埋葬了这块土地上所有不敢联想的过去。茫然四顾，空空如也，满目狼藉，满目悲怆……实迷途其未远，何昨是而今非！？

我依然固执地在一片熟悉的陌生中寻寻觅觅。天哪，劫后余生，竟然还留下了一个给过孩子们无尽好奇无尽愉悦无尽欢声笑语的木制鸟巢！它孤零零地坚守在一棵被建筑材料绑架了似的大树上，一根长棍重压着它，身上那个圆圆的黑洞简直就是一只抗争着的大眼睛。乍一相见，抚今追昔，睹物思人，情何以堪！我泪眼婆娑，久久地注视着那个空巢，好像听见了它关于主人家的喃喃述说，还有眼前仍在延续着的危难……树顶，一只乌鸦振翅远去，呱呱两声长鸣，留下一片凄然。

白茫茫一片真干净！

一个美丽的童话彻彻底底破碎了，冰川 ハイツ，从此我怎敢走近你！

2014 年

杭州

默想之家

1999年4月,同样是樱花烂漫的季节,我们又一次飞抵东瀛岛国。此时的所谓我们只剩下了我和先生:骥儿已经成家立业,骁儿尚在福大读书。兄弟俩在大海的彼岸接迎,我和先生像留守空巢的两只老鸟,应声而去。

时隔八载，故地重游，有对曾经刻骨铭心的生活足迹——回探的冲动和愉悦，也有深深的没着没落的漂泊感：此次非比上次，没有一处可让小船儿停泊的港湾，我们与所有游走四方居无定所者不二，都是纯粹的旅中人。

人在旅途，尤其是准备在某地驻足小住，一个像家一样食宿随心、起居惬意、出行便利、可以让心暂时得以安顿的地方，实在是人之所望却可遇而不可求。即便是以命名迎合旅客心理的诸如"忆家宾馆""温馨客栈""如家酒店"等五花八门，毕竟都避不开一句"来的都是客"，哪里就真会让你"宾至如归"，有回家的感觉呢。

那一次，我们竟真的遇到了——"默想之家"，一个踏破铁鞋无觅处，却可以让心暂时安顿的绝佳之地。

说是遇到，其实是骁儿从学校学生会提前申请到的。

"默想之家"是解人于一时之难的一栋民宅。听说它是一对企业家夫妇的善举，且并非只此一处，还听说这对夫妇自己居住的地方也并不奢华显赫。然，筑屋者具有四海之内皆兄弟的大仁博爱：它的一部分用于在日的留学生宿舍，其价格远低于市场——倘若入住者依然有特殊困难，经过申请还可再酌情或减或免；另一部分，则是专为行旅中人提供的临时栖身之"家"，分文不收。两个组成部分相对独立，各走各门，又互为紧邻。

由于"默想之家"的慈善色彩，其名字便如一股早春的暖风，在漂泊日本的各国留学生中不胫而走，也由此让那次漂泊在外的我们有幸受惠。

"默想之家"位于福井市一条宁静而不偏僻、永远不见尘埃的小街道上。那里是居民聚集地，家挨着家，门连着门。

既然闻名遐迩，想必门上有鲜明标志不难找寻。不料入住那天，我们驱车在纵横交错的街面上几度往返穿梭，无果。后下车徒步在一家家门牌下按号索骥，终于有一块不起眼的小小木板映入眼帘，"默想之家"四个小字，小得实在与之被广泛传颂的名声无法匹配。

这是一座典型的日式两层民宅，虽说是为旅人准备的默想之中的"家",却构建考究,设施齐备,林林总总一应俱全。

房前是可以停放一辆汽车的深廊,里边还备有两辆不带锁子的自行车。

房内一层有浴室、卫生间、起居室、厨房、餐厅。厨房和餐厅里柴米油盐酱醋茶应有尽有,起居室的壁橱里整整齐齐排列着两三床洁白如雪的被、褥、枕头,榻榻米上规整地摆放着小桌、坐垫、茶具。

起居室与厨房餐厅之间是一块儿封闭式的小天井,由一条室内长廊衔接前后。包围着天井的长廊、起居室、餐厨间,三面落地玻璃墙玻璃门光洁通透。天井里青苔拾阶,绿痕遍地,一尊小石龛旁几株高低参差形状各异的喜荫植物相互簇拥,相得益彰,一派日人所尚之幽玄意境,可凝神品味,支颐欣赏,在餐桌,在长廊,在起居室围着小桌摆放一圈的坐垫上。

登上二楼,一间可供十余人就寝的大卧室一览无余,两面墙上的大壁橱里,同样整整齐齐摆满了洁白如雪的枕头被褥。拉开通向屋顶露台的玻璃门走将出去,有晾衣晒被的支架，也有供人透风纳凉的桌椅。

无论是楼上，还是楼下，既有壁挂式空调，也有随处可移的电暖器。

走近一楼敞开式的洗衣间，一架为身体障碍者特备的轮椅恭候一旁……

步步是无微不至的用心，处处是无声的经意。

"空山不见人，但闻人语响。"可来到这里的入住者非但见不着房主，连房主的声音也无缘听到，却又能真切地感受到近在咫尺的不愿打扰的默默关照：铺盖的洁白如雪，食材的充足新鲜，生活用品的应有尽有，室内家具的井井有条一尘不染……进而细想，据说申请入住的对象并不仅限于福井大学，那么，房门钥匙是通过什么组织形式在不同机构不同所需者之间传递的呢？不得而知。两位行善布施者姓甚名谁何许人也？同样不得而知。

由是，留言簿上记满了到过这里的、浪迹天涯人的感动，无论国别，无论身份，无论何种缘由，一致的情真意切，好评如潮，人们由衷地感动于这种爱人如己、施比受好的博大。

但是，我在为这种右手行善不让左手知，"把善事行在暗中"的纯粹与高尚感动的同时，更敬重并欣赏两位慈善家对受惠者心灵的进一步教化，因为无数事实甚至教训告诉我们：精神救赎，远胜物质！

千万不要以为"默想之家"只彰显对困顿者一味的接济，它同时还对受惠人应有的行为举止施以春风化雨般的规劝。

大门外的门面墙上，有"请勿给左邻右舍带去不便"的温馨劝导；厨房间，有"请及时打扫卫生处理垃圾，以防止老鼠和蟑螂""如果方便，请为后续来客补充炊饭的食材""提倡为默想之家奉献力所能及的日用物品"等明文提示。

还有一条规定在申请人提交申请时就被明确告知，即"默想之家"，包括留学生宿舍部分，都只提供给有暂时居住困难的人，前者为期一周，后者为一学期，因为正常情况下一个留学生在学习之余完全可以通过打工维持生计。也就是说，这里只可小住，不便久居，一旦方便，马上腾让，让给更多困顿旅途或一时因没有经济基础而影响求学的人。

　　如此一来，凡走进这扇大门的人都不能不在收住脚步的同时，调整好自己有些随便的匆匆行色，有如走进文明教育的课堂，在接受被爱的同时，接受一次神圣的心灵洗礼。

　　这里由是而弥漫着文雅、自律、礼让、悲悯、奉献、谨小慎微、不事张扬等等远高于食宿的精神境界的给养。爱人和自爱在此同时得到升华。

　　我们和骁儿在默想之家住了整整一个星期，一周之后，彻底打扫了卫生，补充了食物，让一切恢复到入住前的原状，并留下了不值一提的小小心意，而后，怀着深深的感恩与敬畏，悄然离去。

　　"默想之家"，一个只应天上有的地方。

2009 年

陕西师大

日本昔话启示录

一

接触日本昔话在上世纪80年代随先生东渡的那段寄寓时光，那时候先生教书孩子们上学，我则随乡入俗选择了日本妇女式的家庭主妇角色。安逸的生活，难得的闲适，让我有幸沉下心来试着走近日本文化，日本昔话随之在不经意间映入眼帘。

非常惊喜于这种不期而遇。因为首先它是儿童读物：简单易懂，幽默亲切，非常的口语化。这对于一下子进入一个陌生世界满眼都是未知的初来乍到者，具有非比寻常的吸引力。毫无疑问，孩子所能接受的一定是最易消化的，以孩子的听觉和视觉去接受最基础的启蒙教育，应该是一种不错的语言学习途径。

其二，它具有本土化原始化的纯粹。日本文化中本来就带有很浓的中国文化元素，明治维新以后又接受了西方文化的浸润，呈现多姿多彩态势。但日本昔话则基本属于日本民族自己的土特产，一方水土养一方人，通过这种纯粹，可以比较准确地了解樱花、和服、富士山文化滋养出的别样人群。

其三，其作品随处可见，大学的教科书里、市图书馆的阅览室里、家中的电视机里，它有如一位热情的主人，不失时机地把一幅幅饱含浓郁乡土风情的古老画卷呈现在来客眼前，让人得以在其中徜徉、探幽、体味，以至心向往之情有独钟，众里寻她千百度。

当时正在福井大学附属小学就读的次子骁儿对它的兴趣尤为浓厚。如果他放学的时间和《漫画·日本昔话》的电视播放时间发生冲突，则必央我将其录下。孩子的收视状态和我们大人完全不一样，我们成年人看完一个故事往往囫囵吞枣不求甚解迫不及待地去涉猎下一个新奇。骁儿则不然，他能不厌其烦地沉醉于一个故事，饶有兴趣地反复收视且每次都状若入定心驰神往。这让我回想起上世纪70年代末《一休》在我国热播风靡一时的盛况，它曾磁石般吸引了我们的孩子，让一代小观众们守在电视机前如痴如醉欲罢不能。

二

我曾认真思考过日本昔话让大人孩子一见钟情的理由，认为它的特别之处在于它所呈现的人情世故有如天籁：原始如玉璞，率真如处子，圣洁如幽兰，一尘不染，清新爽快，好像天使在娓娓述说。

试列几则梗概以飨读者。

青蛙的儿子还是青蛙

　　池塘边一对青蛙夫妇看着鲤鱼和鲶鱼的游姿总是自叹不如，不料生了个儿子奇形怪状和自己判若两类，不知所措中做父母的突发奇想：一会儿觉着儿子大概是条小鲤鱼，一会儿觉着儿子大概是条小鲶鱼。待到小蝌蚪长出两条腿后，又觉着它应该是条龙。最有趣的是两口子一旦陷于想入非非便抑制不住兴奋，不断地游到水族伙伴群中去夸口炫耀，引起一片哗然。结果待到儿子长出四条腿不见了尾巴，夫妻俩目瞪口呆。可完成了演变过程的小青蛙根本不理会父母的苦心，"呼"的一下跳进水里越过鲤鱼越过鲶鱼径自畅游去了，转瞬间又跃出水面在岸上欢跳。青蛙夫妇终于看到了自己儿子独到的过人之处，满心欢喜地带着它到伙伴中去又是一番炫耀："我们的儿子不但比鲤鱼君鲶鱼君游得快，还技高一筹能在岸上跳。它虽然没有成龙却也不错，这里哪是龙待的地方？且不说龙飞黄腾达了，我们老两口岂不老无所依。"伙伴们面面相觑张口结舌，还没反应过来，青蛙一家子连说带笑朝着一片田田荷叶俶尔远逝。

还是说不准

一对爷孙在田里播下荞麦种子后老天连续不雨,爷孙俩只好抬水抗旱。不久种子发芽,孙子高兴地说:"这下咱们不会挨饿了。"爷爷说:"那可说不准。"后来麦苗绿油油一片长势很好,孙子高兴地说:"这下咱们不会挨饿了。"爷爷说:"那可说不准。"再后来麦子抽穗扬花了,孙子高兴地说:"这下咱们不会挨饿了。"爷爷说:"那可说不准。"最后荞麦成熟被收割归仓,孙子嚷嚷着想赶快尝一尝荞麦粥,爷爷把做好的粥递给孙子,孙子一边接碗一边嘲笑爷爷这下再不用说什么说不准了,不料爷爷说:"还是说不准。"孙子伸手接碗哈哈大笑,一走神儿,碗掉到地上,粥洒了一地。

树枝上的说教

村里一个富家子弟游手好闲吃喝嫖赌花钱如流水,做父亲的一筹莫展,求助于一位德高望重的老者。老者手拿木棍将那浪子赶到一棵大树上,还不断地从下边敲打他。浪子为避棍打爬上树梢,脚一滑吊在一根枝干上连呼救命,浪子的父亲也忍不住替儿子求饶。老者不但不予理会，反而大声呵斥浪子把双手张开。魂飞魄散的浪子大哭道："手一张就没命啦！"老者说："知道就好！以后切记，钱，永远是你手里的树枝。"浪子从此幡然悔悟。

乌龟、兔子和猫头鹰

一只兔子在原野上疯跑撒欢，它矫捷的身姿、飞快的跑速引起路边树下乌龟的不快。乌龟讨厌兔子在自己面前闪来闪去地显摆，嘟嘟囔囔牢骚满腹。这一切被树上的猫头鹰看在眼里。猫头鹰飞到树下劝慰乌龟，乌龟还是愤愤难平。猫头鹰说，既然这样咱不如挫一下兔子君的锐气吧。于是，它们故意大声嘲笑兔子的跑技并不怎么样，激怒兔子和乌龟来一场长跑赛。几个回合下来，全是乌龟夺魁，兔子气得哭红了双眼悻悻而去，猫头鹰则与甲乙两只乌龟诡秘会合弹冠相庆。不料此时神仙老人手拿拐杖从天而降，他清楚地看到了两只乌龟分头守在起止两点上做样子迷惑兔子，于是惩罚它们每人挨上一拐杖。从此，乌龟羞于背壳上被打的裂纹总爱往水里钻，猫头鹰被打得白天盲视躲进林子不敢出来。

一条旧头巾

一个砍柴的小伙子傍晚下山回家，发现一只落入猎人网罗的小狐狸咕咕哀鸣，小伙子急忙解救了它。几天后小伙子又在原路遇到小狐狸，小狐狸示意他跟自己回到家。病床上的狐狸妈妈起身叩拜向他深深地致谢，并拿出一条旧头巾作为报答。小伙子告别他们重新上路，山风凉飕飕的，他把头巾蒙在头上，不料听懂了树上一对乌鸦的对话受启示捡到一块金子。后来又从一对麻雀的对话中得知财主家小姐病入膏肓，遍寻名医均无良策，而小姐的病因起于财主盖房时不小心把一条小蛇弄上了房顶，小蛇受泥瓦挤压奄奄一息，小姐随之生命垂危。小伙子急忙跑到财主家解救了小蛇和小姐。财主把小姐嫁给了他。

怎么样，年轻的爸爸妈妈可爱的孩子们，如果能在电视机里看到这样的乡土动漫，是否如沐春风有一种心灵被净化的享受？

三

日本昔话能让外来者为之倾倒为之着迷，它在本土的人气自不必说。就"每日放送广播电视台"所制作播放的《漫画·日本昔话》而言，它1975年被推出时仅仅是为了填空凑数，不料一经面世竟大受好评，之后一发而不可收拾，一直播放到1994年的第1471集，成为日本动漫史上最长寿作品之一。时隔7年后，该电视台又从1471集中精选出240集重新整理播放，收视率依然不减当年，可见其人气之盛。所以，以我这外人之见，昔话在日本国民中的普及程度几乎没有任何一部文学作品能望其项背，而其中的一些名篇精髓在这个岛国民众心目中根深蒂固，人们大多对故事的梗概耳熟能详了然于心。有时甚至会遇到这种情况：在几个扎堆调侃的人群中，如果有谁说出一则故事中的一句台词，立刻会引出接续下句的随声附和，说它家喻户晓妇孺皆知，实不为过。

尤为难能可贵的是，在早已远离了农耕时代的高度现代化了的上世纪80年代，这种古老的传统文化形式的存在虽然据说已经远不如昔，但它依然彰显着自己无可匹敌的生命力的顽强，和过去相比大抵只是程度不同而已。好友小寺加代子老师当时说，随着"核家族"的普及和妇女的就职趋势，孩子们从爷爷奶奶那里接受这种传统文化的机会变得罕见了，甚至难得在入睡之前享受耳边那种来自长辈嘴里的讲述。可是在我眼里，尽管《铁臂阿童木》《千与千寻》《哆啦A梦》等相当于我们时下的《熊出没》《喜羊羊与灰太狼》之类的动漫作品，也有一定的市场，但昔话绝对是占尽风光。广播、电视、漫画图书等各种宣传媒体如影随形无处不有，时时诱导着孩子们的视听，培育着孩子们的心志，昔话依然充当着日本儿童启蒙教育的重要角色。

啊！那世世代代不变的

是母亲唱给孩子的

那古老的

古老的传说

正如这支电视连续剧《漫画·日本昔话》主题歌所唱

的那样，不管社会如何发展如何变化，日本人在不断开辟甚至不断引进新的儿童读物的同时，始终把昔话作为一种不可替代的精神主食代代相传。他们通过其中一则则短小质朴的故事，在自己孩子幼小的心灵里植入爱与善的根，灌输做人的道理，启迪生存的智慧。而这种轻松愉快的基础教育，很像母亲最初送进孩子嘴里的食物培育和固化了孩子一辈子的味觉追求，对其情操的陶冶、言行的规范、整体素养的教化，都起到了显而易见的作用。作为一个外来者，只要稍加体察就不难发现，日本人生活中所表现的很多特征，都有昔话若隐若现的影子折射。昔话是日本民族历史的记忆、精神的体现、塑造身份认同的非物质文化遗产。研究它，是理解日本国民性非常重要的一个方面。

四

日本昔话的这种特殊性使我也孩子般地陷入了，我为故事中一个个鲜活的生命所感动，进而为日本民族对历史的那份敬畏和尊重所折服。日本昔话原本就是日本的民间文学，当然其中也有外国（包括我国）民间故事的影子，它不一定有根有据，有些甚至根本就是当世之人爱憎好恶的主观臆造。相对于我国的孔孟之道礼仪之说它显得实在是微不足道，可它却从未动辄被破旧立新随意摒弃。其实，诸如此类的实例在日本不胜枚举。在我们看来，一些原本并不起眼的物质的或非物质的东西，也往往会被他们"奉若神明"，受到特别的保护和宣扬。凡此种种，实乃民族幸甚，家国幸甚！

由是想起了几年前韩国的端午节申遗，进而至于针灸申遗。这些事曾经引发了国人极大的不快，甚至众口一词的嘲弄。值得万分庆幸的是，我们在发泄不快嘲弄别人的同时终于意识到了危机，在危机面前终于意识到了责任。清明、端午、中秋从此被正式列入国家的法定节日，中国人终于在老祖宗留下的传统节日里找回了自己的身份认证。

当然，昔话在日本历史上虽然从未动辄被焚、被坑、被痛批、被打倒过，却也避不开潮起潮落。但是，明治维新西方文化盛行过后，民间故事这种民族自身传统的价值逐渐被重新认识和复兴，其推手当首属民俗学之父柳田国男。柳田国男为了专攻民俗学，放弃过专业，脱离过文坛，辞掉过《朝日新闻》社评论员职务。他提出"民俗学是自我认识的学科"，创立学会，主编词典。1910年整理出版的《远野物语》成为日本民俗学的开山之作，1930年又集结全国各地108篇故事为《日本昔话》出版，掀起了日本昔话收集事业的空前活跃，为1975年日本昔话的再一个高潮奠定了坚实的基础。

几乎是同一时期，我们这个民间故事大国的民俗学也风生水起。自五四开始，一批优秀的知识分子就积极投入对民间故事的收集。钟敬文东渡日本在早稻田大学专攻民俗学，首创国内"民俗学会"，将民俗文化研究引入大学研究领域，负责主编了由文化部、国家民族事务委员会、中国民间文艺家协会主办的《中国民间故事集成》。此套丛书集全国各地区各民族神话、传说、故事、寓言、笑话等各类体裁为一体，全书30卷4500万字，为我们今天民间文学事业的继承和发扬提供了极为丰富的创作资源。

让人遗憾的是，这些来之不易的文化遗产并没有像我们的邻国那样被当作宝贝开发利用。它们至今仍被束之高阁在象牙塔里倍受冷遇。偶尔也有被光顾被翻阅的时候，则多是象牙塔里一些为应对文凭、职称而忙碌的身影。

目前，我们的家长们依然踌躇于下一代应试教育的整体焦虑中，我们的有识之士在哀叹"信仰缺失下的迷茫"，我们的大学教授在大声疾呼，我们正在培养一些"精致的利己主义者"——他们高智商，世俗，老到，善于表演，懂得配合，更善于利用体制达到自己的目的，这种人一旦掌握权力，比一般的贪官污吏危害更大。

以本人之浅见，这种社会沉疴的泛滥态势，恰恰始于我们孩子出世后家长启蒙教育的缺失，源于而后幼儿园、小学、中学、大学乃至社会大染缸的耳闻目染，身体力行，不断强化。老实说，每当这些污染让人透不过气满心忧虑的时候，总会特别怀念陪伴我们这一代成长的看不完听不尽的充满善意的民间故事，特别感念给过我最初教益的慈爱的长辈们。尽管那时候没有现代电视动漫的时尚，承载那些故事的仅仅是一本本皱皱巴巴的小人书、连环画，可那都是些带着清晨的露珠、散发着五谷清香、没有经过深加工、没有掺合添加剂的天然给养，至少鲜见奸诈、油滑、狡计，和让人提心吊胆的暴力倾向。国学先贤钟敬文、季羡林、启功等曾呼吁把来之不易的文化遗产留给后人，而我期待我们当今的孩子在享用快餐文化的同时，也能有更多的《太阳山》《马兰花》《三个小和尚》《阿凡提》《牛郎织女》等一些呼之欲出的天籁之音进入他们无邪的耳朵。

十年树木百年树人，日本昔话，一块熠熠生辉的他山之石。

2009 年

陕西师大

时隔八年，

乐孙入读名古屋一所小学，

他放学回到家常常在楼上大声朗读课文，

几乎篇篇能背，

让楼下的我重新听到了那久违了的天籁之音 ——一则则日本昔话。

我说："乐乐，你在楼上扯着嗓子大声背诵，是让爷爷奶奶听的吧？"

乐乐噗嗤笑了，

俏皮地说："对的。"

真好！

2017 年

修改、补记于名古屋

冲绳,我为你祈祷
——写在反法西斯战争胜利七十周年的日子

春节和家人到冲绳走马观花奔波了10天。选择这个地方不仅因为它有"东方夏威夷"之美誉,还因为它需要日本国签证而脑海里却顽固地恍惚着一种远年亲戚似的琉球情结,以及近年来钓鱼岛事件所引起的波及,以及它原本就不纯粹的身份认证又附加了美利坚合众国的星条旗。带着一种说不清道不明的模糊，在饱览海景的同时，感受了一种无以名状的纠结与复杂。

远年的记忆没有错：琉球，一叶荡漾在大海中的小舟，历史上明清两代的藩属，平和、守礼、安泰，曾经有过200年不设军队的历史。

然而19世纪70年代末，风云突变，列强横行，腐败无能的清政府自顾不暇，琉球藩属在万般无奈中被日本国纳入自己的版图，并被更名为日本国冲绳县。身份改变的同时，她在地理位置上成了别家的门户，从此开始了深受战争威胁的梦魇。

二战后期，小岛终于在战战兢兢中没有躲过一场灭顶之灾。

1945年3月，日本军国主义者在大势已去的绝望中退守冲绳"家门"，决心负隅顽抗背水一战。美国反法西斯同盟军以压倒一切的绝对优势从西海岸中部登陆，对其发起"破门之战"。小岛由是爆发了一场亘古未有的惨烈：海、陆、空炮火连天弹片横飞，首里山洞火燎蜂房汤浇蚁穴，82天的攻守胶着中20万生灵殒殁，其中有14万是无辜的岛民，而这些无辜性命中的相当一部分是迫于日本军队"强制集团死"的命令。岛民们或跳海自溺，或饮弹自毙，没有能力自我了断者，央亲人相互间抬起颤抖的手，随着一声精神分裂后的仰天号啕，骨肉相残，共赴黄泉。一时间岛上腥风血雨，肝脑涂地，处处是人间炼狱。

半个多世纪过去了，昼夜不息的海涛早已熄灭了那场恶战的余烟，冲净了遍地血污，小岛在休养生息中渐渐恢复了她原本的天生丽质，大批观光客纷至沓来，我们也慕名参与其中。

以自己非常有限的足之所及与见识，毋庸置疑，这是一处名副其实的游览胜地：东海捧出的一串珍珠，宝岛台湾的群弟，蓝天白云之下，山岛竦峙，草树丰茂，浩瀚无垠的宝蓝色海面荡漾着连天的流光溢彩，浪花滚滚，礁石点点，澹澹浅水边白沙绵绵。从最南端的那霸首府到最北边的国头村，西海沿线一路如梦如幻。

岛上的风土人情也让我们领略了她的独特。

应该说，较之日本本土，这里显得多少有些另类：地貌上，她不像本土那样寸土寸金的建筑利用，而是大片大片植物王国的恣意，辽阔、自然；人文环境上，她不像本土那样一处处居民区街道上整天不见人影，家家房门紧闭，窗纱低垂，连精心打造充满情趣的一个个小院儿也寂寞无主似的空置着。来到此地你会感到些许洒脱：超市门前或许会瞥见几个家庭主妇提着东西凑在一起聊天；街市上或许会发现来往行人中夹杂有悠闲的步态；杳无人迹的海边或许会邂逅驾车兜风的老头老太太，他们寻寻觅觅的目光一旦和你相遇，可能会主动停车上前搭讪，甚至向你介绍脚下跨海大桥的今昔，远处水波粼粼中若隐若现的点点岛屿……总之，此处虽没有我国大都市里随处可见的从容自在，也不似日本本土那样多少有点让人难以承受的拘谨，好像头顶湛蓝湛蓝的天幕上，总有几片随意舒卷的闲云。

在与本土非常近似的繁荣与秩序里，似曾相识的华夏影子也随处可见：被冠之以世界文化遗产的首里城宫殿里，有明代使者前往册封的仪式模型，有有别于本土以凤为皇权象征的龙的图腾；星罗棋布于街肆的餐馆里，有比横滨中华街更地道的中华料理；弥漫着原生态气息的琉球村里，古筝的琴弦多于本土，更接近于我国后来发展了的款式；特别是路边一座座与本土不类，而与我国传统坟茔极为相似的墓冢……那些远年的遗存今天的延续，分明在反复佐证着当年与我们两个民族两种文化的移植与交融。所以，尽管今天那些满脸微笑把服务做到极致的当地人，也许早已在沧桑世事中模糊了自己的前世，甚或已经"不知有汉，无论魏晋"，视我们悉如外人，都丝毫减弱不了我们走亲访友的游兴。

可是，一种被铁丝网严密围拢着的大片大片的圈地，还是像漂亮衣服上一块块大煞风景的补丁。它是那场世界大战遗留在所谓国门身上的伤疤，占地百分之二十的美军基地。驾车路过，铁丝网内不只闪现着各种冰冷的武力彰显，好像还有和军事不沾边的眷屋及一些生活设施。这种让人不由心里一紧的突兀，与铁丝网外往来随意的当地人群形成鲜明对比。一网之隔，两个世界两重天，颇似北海道一座活火山营造的奇观——山顶浓烟滚滚，山下游人如织，歌舞升平。

冲绳战役结束之后，小岛成了美国的战利品，占据27

年后，又送交日本，送交的同时美方给自己划出了几块"太平洋的基石""亚洲的战略枢纽"。美丽小岛就这样在霸占、争夺、相送与割裂中一次次身不由己，一次次被动。冲绳人并不是没有为自己的命运发出过呐喊，最近一次反对美军基地的标语还闪现街头。但是，在极不对等的国内外强权势力面前，他们的声音总是显得太过微弱，太过无力。

途经一片被铁丝网围着的圈地，我们停车马路对面的24小时便利店准备进去补充食物。突然，一连串急促的警车鸣笛由远及近划破四周的宁静。只见一辆接一辆标有冲绳县警察署字样的汽车从门前驶过，灯光闪烁，首尾相接，紧贴铁丝网径直前行。打头的行到远处一个路口拐进，后续者鱼贯而入，不一会儿铁丝网外围一辆接一辆缓缓而止，马路边摆出了一条长长的龙。已经停下来的警车仍在不间歇地鸣叫着，表现出一种显而易见的情绪，空气一时有些紧张。我们伫立于店门外警觉地注视着铁丝网内。三五分钟过后，网内原本空寂的场地上渐渐有了人影。慢慢地，一堆五大三粗一身戎装的男人聚在一起，其中有美国军人，好像也有日本刑警。

便利店门前走过来一位下了车横穿马路的警察，他停在一位附近居民模样的中年女性面前，一边低声询问，一边做着笔录。突然，便利店门里走出两个身着红色T恤高大壮实的洋小伙，手扒一辆军用小卡车一跃而上，身姿之矫捷漂亮，神情之坦然自若，宛如活动在自家地界，可他们的面孔却分明告诉人们是来自大洋彼岸的不速之客。小卡车就停在警察和妇女身边，那位警察眼巴巴看着小卡车扬长而去，少顷，转身返回停在铁丝网外的警车旁。只见他和另一位同伴久久地站在那里，眉头紧锁，神情凝重，左右环顾。

整个过程突如其来，让我们这些同样深受二战之害，却长期在先辈用血肉筑就的长城内安享和平几乎淡忘了战争滋味的人，于错愕之中，亲身体验了一回似乎从未体验过的惊诧、陌生、不平，进而深深地自我庆幸。

不是没有听到过驻地美军与岛上民众几十年来冲突不断，可那是在国内电视、网络上的所见所闻。旅途中近距离感受一次国与国的摩擦，实在始料未及。那两位警察紧锁的眉头一直定格眼前无法挥去，冲绳人民安逸表象下无时无刻的不宁可见一斑。

回来后一连多日，总是一大早就情不自禁打开日本的新闻网站。《琉球新报》上有耄耋老人对当年在强制自杀令下死里逃生的血泪陈述，也有各地老少村民以各种形式举办慰灵祭的图文报道。在蒙难70周年的日子里，"集团自决"，依然魔咒般折磨着冲绳人难以愈合的心。

"杀人亦有限，列国自有疆。苟能制侵陵，岂在多杀伤"。

冲绳，从此你成了我的牵挂，我为你祈祷。

2015 年

杭州

发表于

2015 年 8 月 10 日

天津《中老年时报》

遥远的天边有棵松

群山中一座具有"日本昔话"遗风的现代化小山村。村子里一户静谧的农家大院，大院面对着一条穿村而过的柏油马路，后面居高临下：依次是空旷的小学操场，连片的层层梯田，一道有公路盘旋而上的向斜谷。放眼四野，群峰叠翠，山岚缭绕，阳光笼罩下与天际衔接得更高更远的滑雪场方向，似残雪若白云银光闪闪，一切如昨。

然，甫一进门，门里边20多年前的情景荡然无存——那曾经小桥流水、锦鲤成群、逗得孩子们欢欣雀跃的一池幽情逸韵，已经干涸破败；那曾经悄无声息四处游走、不时把温顺的余光瞥向主人的大黄狗，无影无踪；那曾经在天然野趣大背景中姹紫嫣红独具风情的一隅，荒芜凌乱，只有那棵无需打理的已经长得很高的青松，出类拔萃，傲然挺立，郁郁葱葱。西斜的阳光从松顶一泻而下，撒向院子里两大套黑褐色的日式老屋，撒向其中一套尚被使用着的门阶上。一对年过九旬的夫妇两边依门而坐。夕阳的余晖里，他们静若止水，皓首斜垂，双眸困酣，一直乜斜着白发苍苍的儿子陪同频频回首的白发客人驱车而去。

这是我们2012年拜访饭田老人离去时的情景。那棵挺立在夕阳斜照中的苍松，系由先生25年前亲手所植。

25年前的1987年，中日之间一场侵略与反侵略战争后旷日持久的冰封出现了空前回暖，和平发展叩开了双方久闭的心门。中方之前免除了日方的战争赔款，日方在经济上援助中方搞改革开放。无论是官方还是民间，化干戈为玉帛的灿烂阳光穿云破雾普照两国大地，到处洋溢着"一衣带水，睦邻友好"的浓浓情意。

那时候，日本第二经济大国的地位也同时吸引了世界各国的外来者，国际化成为时政热点。正是在那种氛围中，福井县举办了一次比较大的具有国际性质的联谊活动。他们用两天时间组织当地百十号外国人去到辖区今立郡池田町，与当地的住户居民近距离接触交流，其中来自中国的外国人教师、交流学者、留学生等占了相当比例。先生说，也就是那次偶然，让两个国家的两个普通家庭开始了一段不同寻常的友好交往。

那是一个秋高气爽的日子，霜后的群山层林尽染，色彩斑斓，格外迷人，大轿车满载着不同国籍的世界人兴致勃勃开进群山，开往深藏其中的今立郡公民所。当它盘旋而上到达那个美丽的小山村时，公民所周围的山坡上、大树下，高高低低，站满了提前组织好的欢迎人群，男女老少，皆大欢喜。经过一场短暂集会，宾主初识，集体合影，然后所有来宾化整为零，被以家为单位引进一户户家门。

前来认领先生的男士在欢迎的当地居民中卓尔不群。他春秋盛年，落落大方，西装革履，文质彬彬，是一位不仅与先生同龄，而且同在福井市内工作和居住的医务工作者——饭田英侃博士。池田町是饭田博士的故乡，也是他父母双亲长期守望的地方。为了参加家乡的这一盛会，他特意带着就职市役所（市政府）的妻子和就读小学的小儿子先一天回到了那里。公民所前，饭田英侃和自己精神矍铄的60出头的父母双亲及儿子，笑逐颜开地领着先生离去。他们边走边兴奋地对先生说，当听到分配给自己家的外国朋友来自中国，而且是身份最高的一位，大喜过望。及至走到他家大门前，温文尔雅的饭田夫人和身旁的一条看家黄狗正迎门恭候。

先生说，到饭田家做客有两件事深受触动：

其一，饭田老人一进客厅便当着全家人的面向先生下跪谢罪，郑重反省自己年轻时曾被征召参与过侵华战争，其意也切，其情也真，同时还述说了那场不义之战带给他们家族的不幸。之后，他们特意把先生请到院子，请他将一棵寓意中日两国永久和平友好的常青之松，植入了提前挖好的土坑。

其二，以饭田老人为代表的一家三代，把接待中国朋友当作一次重大的仪式，极尽地主之谊。其礼数之郑重，态度之热诚，家宴之丰盛，细节之一丝不苟，都大大出人意料，连第二天在公民所举办的钓池鱼、捣年糕、卷四喜、聚餐等集体活动，无不兴致勃勃地举家全程陪同。当然，不只饭田一家，那两天似乎成了当地的盛大节日，到处喜气洋洋，一片沸腾。

那次联谊活动，充分体现了觉醒后的日本人民对那场战争的厌恶与悔意，也让中国来客感受到了蕴藏于民间的睦邻友好的主动与热情，那是一种十分可贵的、发自内心的、有着深厚历史文化基础的、一点即燃的热络。

战后，中国人民大仁大义，以德报怨，在极为困窘的条件下养育了大批侵略者的残留孤儿。而日本人民向以自律、内敛闻名于世，正如日常所见所闻，在这片彬彬有礼的土地上，人们贫富共处，却能持盈守成各安其分，不越雷池半步，不以恶小而为之，连一根树枝也绝不越邻。正因为这种传统习俗的秉持，曾经受战争蛊惑侵犯过邻国的老百姓，无论当政者对那场战争的态度如何变化，都有太多（多有所见）不安的灵魂需要忏悔，需要宽恕，需要离世前的安宁。

为了这种精神上的自我救赎与超脱，他们有的远赴中国大地长跪叩首，真诚谢罪；有的终生投身中日友好事业而孜孜不倦；更有远山正瑛老人，以老迈之躯，坚持"绿色是和平之路"信念，变卖祖产，广泛募捐，率7000多名日本友人深入中国恩格贝大沙漠14年，义务植树300万棵，染绿黄沙4万亩，直至97岁溘然长逝，托体于中国的大漠。

这里有一个小插曲：上世纪90年代初的一个晚上，归国后的先生受团市委抑或是团省委之邀，为治沙的日本友人做过一场关于两国文化交流史的演讲。先生提前了解到了他们的事迹，感佩之至。他结合自己的专业研究与生活中的点滴感知，细述两国文化水乳交融的实例与脉络，讲了两个多小时。没想到，自始至终，前排就坐的日本友人们眉飞色舞，频频颔首，呼应不断。大礼堂内座无虚席，座席之后，门窗之外，黑压压一片挤满了站着的听众。先生说，当时他自己都被现场的睦邻友好情绪燃烧了，只觉得那一刻两国人民心与心亲密融合，世间充满光明。所以，毋庸置疑，无论是中国人民还是日本人民，和平共处睦邻友好的意愿，永远是一致的。

池田町的活动结束后，饭田英侃博士与先生多有接触，曾几次与夫人一起邀先生到京都、奈良等地游览，但真正让一份友情像那棵青松一样深植于心，并化为一种无尽牵挂的，是另一次邂逅。

一年之后，先生带我去到当地的繁华街市，不意在匆匆人流中与饭田老人不期而遇。久别重逢，皆喜不自胜。老人得知我们一家团聚日本，连声道贺，并诚恳邀请先生携家带口到池田家里重聚。盛情难却，虽口头应邀，内心却因体会过两位老人的热诚与郑重而不忍叨扰。然时隔不久，饭田英侃先生还是亲自驾车促成了此行。当初次见面的两个儿子向饭田爷爷奶奶问好的时候，饭田奶奶随手将两个红包分别递到了他们手里，小儿子为此还用他稚嫩的笔写了一篇日文小记，将一份异国祖辈的慈爱，珍藏至今。

后来我们全家又去过两次池田：一次是1991年为我

夫妇及次子归国践行，一次即是25年后我们重返日本时的那次特意探望。25年间，我们的两个儿子在包括饭田一家的关照下相继完成了在日学业，饭田先生曾经给过孩子们父亲般的照拂，同时也特意把自己的儿子送到中国的大学深造。那段时间，他自己也多次赴中，乐此不疲，曾不无诚恳地对我们说：他已经视中国为自己的第二故乡了，最大的愿望就是希望我们的下一代能继续友好下去。其时，其目光中有对当时时局的欣慰，对美好未来的期冀，同时也隐约可见一丝淡淡的知识分子历史观的清醒与忧虑。记得他当时意味深长地说：无论什么时候，无论哪个国家，都难免存在很多难题。

历史果然无情，弹指一挥，一切竟皆昨是而今非。当年那种扑面而来融化于心的热络，随着大批亲历战争者以及深受他们影响的第二代知音的离世、老去，日渐冷却。而今，值此中日邦交正常化45周年之际，两国友好的声音即使在日本民间也寥若晨星，目之所及，似花非花，"遗踪何在，一池萍碎"。而我等事中之人，亲自见证并亲身体验了这段历史的变迁，怎能不无尽的落寞，无尽的寂寥，无尽的怅惘，无尽的迷茫！

转眼又是五年，池田一别无消息，不敢轻触昨日，怕听西园花飞，落红难缀，昔日英姿勃发，今皆垂垂老矣。"青青子衿，悠悠我心"，那棵孤植于高山之巅的苍松，果然能如人所愿万古长青吗？

希望应该还是有的吧？我想起了村上春树在耶路撒冷文学奖大会上的一段演说：

> 我九十岁的父亲去年过世。他是位退休的老师和兼职的和尚。当他在京都的研究所念书时，被强制征召到中国打仗。
>
> 身为战后出生的小孩，我很好奇为何他每天早餐前都在家中佛坛非常虔诚地祈祷。有一次我问他原因，他说他是在为所有死于战争的人们祈祷，无论是战友还是"敌人"。看着他跪在佛坛前的背影，我似乎感受到了周遭环绕着死亡的阴影。
>
> 我父亲过世了，带走那些我永远无法尽知的

记忆。但环绕在他周遭的那些死亡的阴影却在我的记忆中。这是我从他身上继承的少数东西之一，却也是最重要的东西之一。

今天，我只希望向你们传达一个信息。我们都是人类，超越国籍、种族和宗教，我们都只是一枚面对体制高墙的脆弱鸡蛋。无论怎么看，我们都毫无胜算。墙实在太高、太坚硬，也太过冷酷了。战胜它的唯一可能，只来自于我们全心相信每个灵魂都是独一无二的，只来自于我们全心相信灵魂彼此融合所能产生的温暖。

请花些时间思考这点：我们每个人都拥有独特而活生生的灵魂，体制没有。我们不能允许体制剥削我们，我们不能允许体制自行其道。体制并未创造我们，是我们创造了体制。

这就是我想对你们说的。

需要特别说明的是，村上春树发表以上获奖感言的时候，迦萨正陷于激烈的战火之中。据联合国调查，被封锁的迦萨城内已死人逾千，其中多为手无寸铁的平民、孩童、老人。可在其临行之前，他的国家出现了反对其赴会的声音，甚至有人警告，如若一意孤行坚持前往，将联合抵制他的小说云云。他说，他的行为不代表任何政治信息，只在于给予每个灵魂以尊严。

我想，这应该就是希望之光。

2017 年
名古屋

道义古今

近日看到一则新闻——《这些自掏腰包到中国沙漠植树的日本人，他们想干什么？》

消息来自8月12日环球网。记者深入日本鸟取县，寻访了沙漠之父远山正瑛内蒙古植树治沙的足迹及其身后的精神遗留：截至目前，每年仍有数百上千名全国各地的日本志愿者远赴库布其植树造林，绿色接力棒从未间断。今年的活动安排在7、8、9三个月，一次6天人均费用17.8万日元（约合人民币1万元），全部个人负担。

一石激起千层浪。一口气读完，如梦往事情景再现，心绪如潮，久久难以平静。2018，《中日和平友好条约》缔结40周年，虽乍暖还寒，毕竟春风第一枝！

上世纪90年代初归国后不久，先生接到学校一项特殊任务，说是让为当时正在我国内蒙古治沙造林的一批日本志愿者做一场关于《中日文化交流史》的演讲，其领头人正是远山正瑛。那应该是一个夏日的傍晚，地址在西安市的一个政府大礼堂。如果没有记错的话，主办单位或者是共青团陕西省委员会，或者是共青团西安市委员会，因时间过长，记忆已经模糊。

但是忘不了先生当晚带回的勃勃余兴——那真是一个美好的傍晚，在那个满席的会场前排中间部位就坐着一个特殊的方阵，方阵里男女老少，一副副热情洋溢的表情和别样的装束，一看便知是前来治沙的日本朋友。当先生讲到两国文化交流源远流长在日常生活中的一个个具体表现时，志愿者们听得眉飞色舞，频频含笑点头，甚至热烈鼓掌，那一刻，台上台下心心相印，其乐融融，一片祥和。

先生还说：到会的人非常之多，大礼堂内的座席后面、大礼堂的门外窗外，全都是站着的听众，准确地说应该是观众。他们全都和我一样，为一位日本老人带着他的志愿者团队深入我国大漠植树治沙的友谊壮举所感动，慕名前来，齐聚大礼堂。

远山前辈当时已经年过八旬。八十四五岁，无论在哪个国度都绝对应该是进入颐养天年的年龄段，所以，尽管在先生出发之前我们已经为那位胸怀大爱的耄耋老人近乎精卫填海夸父逐日的善举所震撼，还是没有想到劫波渡尽，人心所向，结果是如此的圆满。

远山正瑛是鸟取大学一位资深的退休教授，著名治沙农科专家。他在日本海岸线的治沙成就早已名扬世界，可谓不负此生。退休后，功成名就、有产有业、儿孙绕膝，他完全可以悠悠自适地在家中安享晚年。但是，年龄可以大，人可以老，生命终有止境，思想境界却能够无边无际。

为境界而活的人，他灵魂的深处总是涌动着常人所不解，或者理解了也可望而不可即的人生高度。远山正瑛就是这样一位让人不能不深受感动的超人。

内蒙古库布其那片茫茫沙海的条件是怎样的恶劣毋庸赘言，那里原本是他1936年29岁中国留学时选定的治沙实验基地，但是，年轻的学者始料未及，其造福人类的梦想破碎在了第二年全面爆发的侵华战争。

一梦60载，硝烟远去，老骥伏枥，已经年迈的学者到底还是放不下那份远年的未竟之业。不同的是，此时的那个所谓的梦想已经不单单是一个知识分子对科学的执着追求，战争与和平的政治色彩让它更加分量千钧：此时的库布其，白骨偶见，沉沙折戟，甚至还有一座"死人塔"，那里曾是抗日名将傅作义率部与敌军对峙了三天三夜的热血战场。远山正瑛恰恰在那里举起了"绿化沙漠是世界和平之道"的大旗，选定库布其的恩格贝为自己生命的最后归程与归宿。

据说，上世纪70年代远山即着手中国沙漠的绿化研究，80年代与中国科学院合作深入新疆、甘肃、宁夏和内蒙古，90年代初成立日本沙漠绿化实践协会，带领包括自己子女在内的大量日本民众到中国植树。为筹措治沙资金，他奔走于电视台、大学、社团，甚至商场、火车站等人群集中的地方宣传募捐，困难时甚至变卖了鸟取的多处房产。他恪守自己的理论研究，对树坑的深度、宽度、树苗的间距以及土壤的松软程度毫厘必较，一丝不苟，严格执行。他求真务实，不愿让频频的"采访"与"接见"干扰他的植树，曾不客气地告诉日本记者：只靠报道、报道，沙漠就能变绿吗？他坚韧不拔，身体力行，头戴遮阳帽，身着黄色工作服，脚蹬高筒雨靴，臂佩"实践"袖标，每天植树10小时，每年在中国八九个月，一干就是14年。他招募志愿者7000余名，植树300万棵，染绿大漠4万亩，直至97岁辞世。他在弥留之际还嗫嚅着说："我还想到中国的沙漠里去……"这种挑战极限的体力付出与超凡的精神境界怎能不让人由衷敬仰！

所以，1998年他荣获中国政府颁发的"友谊奖"。

所以，2001年他荣获联合国"人类贡献奖"。

所以在库布其的远山铜像基座上记载着这样一段文

字:"远山先生视治沙为通向世界和平之路,虽九十高龄,仍孜孜以求,矢志不渝,其情可佩,其志可鉴,其功可彰。"

  由此,蓦然回首,我想起了1300多年前我国鉴真东渡九死一生双目失明后第六次成功抵日至今被供奉在东大寺与唐招提寺的前事。一个弘扬佛法,一个植树治沙;一个苦渡沧海,一个鏖战大漠。两位老迈的和平使者灵犀相通,道义古今,舍生忘死,历尽艰辛,只为两国民众祥和安泰,只为一衣带水的两个国家友好睦邻。他们拼却所剩无多的余热奏起生命的绝响,映出了一道跨越沧海跨越时空的博爱的彩虹。毋庸置疑,他们必将为历史铭记!

2018年
杭州

马氏中山篆作品集 后记

"结庐在人境，而无车马喧。"退休后我一直安逸于这种"心远地自偏"的环境里——陕西师范大学生活区的一套公寓。它隐没在校家属楼群和连片的绿树掩映中，南边紧邻附属小学，附小的围墙与我们的阳台之间是一块约四十平米的小花圃，花圃的角角落落到处是我们的着意：且不说对面墙上悬空的鸟笼花架和花架上的盆花，依墙而立随风摇曳的竹，爬满牵牛与金银花的两边篱笆，也不论凌空的藤遍地的花，一院子的蜂鸣蝶舞，暗香浮动，单是一株株无声无息的精灵沐浴在水雾之中的那种酣畅淋漓与受洗后"梨花一枝春带雨"的娇态，就足以让人顿感心灵的滋润与快慰，以至物我两忘。再就是端午时节当我从这里采摘几枝鲜艾插在门上为屈原的去也为先生的来，甚或把洗净的一双袜子一块儿手帕之类特特地搭上小院的绳头，那真是一种都市人久违了的返璞归真的享受。这里是我们的伊甸园，"苔痕上阶绿，草色入帘青。谈笑有鸿儒，往来无白丁。"对于生性爱静，惯于寄情于花草的我，虽不敢企及孤山林逋那样的超凡脱俗，也不能想象如果没有这些，过去的岁月会是一种什么状态。

　　这里也是我与先生携手人生的驿站。天南海北地漂泊后停下脚步，一套八十平米的小屋让我们安身立命十五年。在这里我们打发走了羽翼渐丰的次子骁儿，应对和将要相继结束各自的职业生涯，并在先生退休之前初步完成了

"马氏中山篆"这一家族文化工程。在完成《马氏中山篆作品集》的几年里,惯常是先生伏案于北屋窗下,我涂鸦在南阳台,合作的时候两人聚首中间书房。每天的"课间休息",我们或在小客厅打康乐球,或下到颐养着我们的小花圃里莳花弄草。

《马氏中山篆作品集》集中完成于近几年。在这段岁月里我们相继步入花甲,"老冉冉其将至兮""恐年岁之不吾与"。为此,使命感迫使我们长时间劳形书案埋头于紧迫,虽不至于糊涂到忘却"今夕是何年",也常常是对面小学的陡然寂静提醒我们又过去了一个星期。在这段岁月里我们原本平静的生活也时时出现波澜:由于我们各自的作品都需要对方的苛刻挑剔,所以每一次见解的分歧都是对彼此心理承受能力的考量,以至于时而据理力争,时而相互抚慰。说起来我们原本都不习惯于对人妄加评说,生活中恪守宽容忍让。可这项工作却要求我们对最顾及的人一反常态。每念及此,心底不免泛起一丝苦涩与歉意。

在此《马氏中山篆作品集》成书之际,心中除去这些遗憾,还有就是对自己拙作颇不自信的忐忑。我对书法既不谙理论章法，也缺乏系统的学习苦练，只因从小受家父格外严厉的庭训指教，及至稍有长进，又得到老师与身边人的几句过奖与错爱，便乘兴为之而已。故深恐贻笑大方，敢望诸位读者朋友不吝赐教。

剩下的就是满满的感恩：

我要深深地感谢运命之神对我的垂顾：首先感谢运命之神让我通过岁月的历练，理解了父亲曾经的太过苛责，懂得了对受到历史不公的行伍之人的家父，在情绪极为悲苦之下的舐犊之情的感念；然后我要感谢运命之神把我带进了一个有家学渊源的家族，让我在先辈们的时时感召下不敢疏懒；感谢运命之神给了我一隅如此惬意的"世外桃源"，让我在得天独厚的环境里得以静静地为家族文化一尽绵薄；感谢运命之神给了我一位终生为伴的良师益友，四十年来问学的便利和先生始终如一的热诚大大弥补了我的驽钝。所以，虽然在事业方面历史没有让我与人机会均等，但上帝对我关闭了一扇窗，却又为我打开了一扇门，此等福分何其有幸乃尔！

我当然还要深深地感谢我的读者，感谢你们以宽容的目光浏览了一个书界素人的尺幅小品。

我要深深地感谢生活，深深地感谢百味生活的"满杯"！！！

此外还有几点需要赘述：

本人的写真系先生为我所拍的五十五岁退休照；先生的写真是长子骥儿带我们赴泰时，我为先生在大皇宫所拍的六十一岁旅游照；先生和我的名章是家翁留给我们的永远纪念；"马氏中山篆"引首章是先生篆刻的首次尝试；《马氏中山篆作品集》系由二子马骥马骁出资。是以记之。

谨以此书作为我们执手四十年的红宝石婚纪念。

2008 年

陕西师大

马氏中山篆：一种新书体的前世今生
——马氏中山篆书谱后记一

2010年5月，先生的一幅"马氏中山篆"体大中堂——东坡《念奴娇·赤壁怀古》词走进上海世界博览会，其新颖独特的书体结构与令人耳目一新的别样风格不断让过往游人驻足，随即为河北卫视河北新闻联播、《河北日报》、新华网、人民网、河北新闻网、长城网等次第披露，一时间风乍起，吹皱一池春水。

9月9日，《光明日报》一篇石家庄市市长的《千年故垒的城市文脉》，又让"马氏中山篆"荣列其"地域风情，独具魅力"一章之首，随之走进了中央人民广播电台属下的中国广播网。

然而"马氏中山篆"在此前一年随着《马氏中山篆作品集》的面世，已经荣幸地被《文汇读书周报》、《教师报》、《开封日报》、《石家庄日报》、《三秦书画》、《陕西师大报》、陕西师大新闻影视中心等十数家报刊及影视媒体所垂顾。

风起于青蘋之末。正如《马氏中山篆作品集》前言所细述，"马氏中山篆"这种面世不久的新书体缘自遥远的战国时代，它从诸侯争霸的硝烟中走出，一路风尘仆仆历经沧桑。

公元前313年前后，位于战国七雄腹心之地的神秘中山国，一种与此前之甲骨文、金文，此后之小篆皆大异其趣，形体修长优美的特殊文字被镌刻在青铜铸就的方壶、大鼎与圆壶等"中山三器"上,之后陪一代明主中山王䰩入土随葬,记录了一个不屈小国攻燕掠赵的辉煌与她盛衰兴亡的宿命。

公元1977年石破天惊,河北省平山县三汲乡一带发现并发掘了第四代中山王䰩陵墓,这种沉睡了2280余年的特殊文字重见天日。

1984年,这种颇有来头的特殊文字又转庙堂低江湖与家翁和先生不期而遇,得到他们父子的倾心研究,并被他们依据小篆亦称"秦篆"的先例,于1985年命名为"中山篆"。

可马氏父子对这种极富美感的文字远不足为书法所用深感遗憾,因为此次包括"三器"在内的全部出土文字虽有2400之多,其不重复者却仅为505个。两颗不安分的心不满足于对原作的一味临摹,每每为新作谋篇出现缺字而产生一种让古为今用的"突破"冲动,于是便利用从陕西省图书馆和陕西师大图书馆当时所能搜寻到的极为有限的资料,试图对其进行零敲碎打的实用性刨补。家翁上世纪80年代在铁道部书画展上获奖的刘禹锡《陋室铭》,

即是在这种情况下产生的第一幅尝试性作品。先生也亦步亦趋，随即让自己的新作崭露头角于陕西师大书画展，并被校图书馆收藏。之后不久先生赴日讲学，其所书《般若波罗蜜多心经》又先后被日本两家寺庙收藏。一经面世便获得较好品评，坚定了他们对一个具有重大意义的科研课题的信念。自此，一项对中山篆全面系统创补的家族文化工程扬帆启航。505个零落千年的文字珠玑的起死回生，成了马氏父子的共同使命。

但是在那个百废待兴的年代，"十年浩劫"使神州文化几为废墟，资料严重匮乏更兼儿子去国讲学，全面系统创补中山篆对于一位古稀老人不啻于补天。家翁焚膏继晷抱病独行，在部首和笔画两条检索路径上艰难徘徊，1987年终因天不假年致大事于搁浅。

1991年先生归国，母亲交给他一卷父亲尚未用完而所有家人都用不着的宣纸，颇为传奇地得到了夹藏其中的已经完成了的《中山篆千字文》。睹物思人心有灵犀，父亲生命最后的无声期待似战鼓催征人，让他自兹前仆后继"咬定青山不放松"。他遍搜父亲遗留在书房里的所有研究墨迹，重新审视被父亲中断了的两种思路，另辟拼音检索之蹊径，利用繁忙的传道授业之点滴空间，在创补中山篆的修远曼道上开始了遥遥无期的上下求索。

大凡对一种出土文字进行创补，无外乎两条路径：一条是将出土文字的形体特征视作一种灵感，在"神似"追求的王国里天马行空；另一条则是在追求"形似"的前提下追求"神似"，"拘泥"于依据与考证的本真意义上的研创。1921年出版《集殷墟文字楹帖》的甲骨文书法艺术大家罗振玉，堪为其楷模。

显而易见，后一条路径要艰难得多，借用当代著名文学家王蒙先生的话，它"要求远见，要求眼光，要求对于对象的整体性把握，要求不仅经得住一时一地一事的考验，而且经得住较为长期与全面的检查……要求举一反三，融会贯通，要求有所不为，有所作为"。

马氏父子选择的正是这样一条沼泽之路，尽管长于丹青的家翁并不乏走捷径的艺术特质。尤为难能可贵的是，老人家明知自己时日无多而能舍简求繁弃轻就重，知不可为而为之，此人格坚守之所在也！

先生忠实继承父亲衣钵，为追求每一个创补字的科学严谨，始终执着于引经据典。文化复兴带来了科学的春天，为研创提供了极为丰富的资料宝藏。他如鱼得水，遵循中山篆艺术特色，以"六书"为依据，在《说文解字》《战国古文字典》《殷周金文集录》《古文字类编》《古文字谱》《甲骨文字典》《甲金篆隶大字典》《金文编》《金石大字典》《篆刻大字典》《中国异体字大系·篆书编》《西周青铜器铭文分代史征》《中山王礜器文字编》《康熙字典》等10余部凝聚前贤今哲智慧的厚重的工具书中爬罗剔抉；在纷繁复杂的文字发展流变史迹中穿梭、寻觅、探幽、求证，不厌其烦地否定自己，周而复始，竭力在信实中完成审美追求。

由于所需资料太过繁多，我们长期供职的陕西师大一套80平米的单元房显得稍微有些拥挤，书房的书桌远远不能满足工作需要，于是，小北屋的一张单人床和与之成90度相连的一方大茶几惯常被铺天盖地罗列得满满当当。先生工作的时候，须将自己高人的身躯蜗坐于一只不到一尺高的小木凳伏身床面，小木凳罩着我特制的蕾丝裙边的海绵坐垫。"寂寂寥寥扬子居，岁岁年年一床书"，先生在漫无边际的文字海洋中遗世独立，享受着推陈出新的快慰，体会着父亲长期以来小楼一统，在传统文化中自得其乐的个中滋味。

2008年12月，这种铭刻入土早于小篆近百年的505个古老文字终于被创补演绎为具有书家个体风格的5000余书法用字，同时被我夫妻进一步命名为"马氏中山篆"；一部浓缩着两代人心血的《马氏中山篆书谱》此时已被四易其稿；家翁与我们合著的《马氏中山篆作品集》先期出版。

《马氏中山篆作品集》收入先生四十幅作品，只要稍加注意就不难发现，"马氏中山篆"不仅在数量上较之"中山篆"有了十倍的扩充，它的形体特征也较之"中山篆"拓片发生了具有马氏风格的个性变化。这是我们两代人努力的结果。记得中山篆与我家结缘之初，家翁曾多次远远地对着被自己放大了的临摹作品久久沉思，不止一次地感叹，这种金石刀文作为字数寥寥、字体较大的书法作品，其美感很难尽如人意。有鉴于此，及至先生接手后，我力主他在笔法上大胆突破，着力表现字体的沧桑与凝重。不料想，这看似仅一步之遥的变化，却让我们原本平静的夫妻生活波澜时起。可以说，四十幅作品字字来之不易，每一次见解的分歧都是对双方心理承受能力的严峻考验，时而据理力争，时而相互抚慰，一种原本在艰难中不断收获甜美的探索，竟又无奈地夹杂了些许让人不忍回味的苦涩与歉意。

《马氏中山篆作品集》出版后在承蒙众多媒体关注的同时，也打破了太行山东麓滹沱河北岸中山国故址那片千年故垒的沉寂，引来了遥远而热诚的召唤。2009年初夏，我们在长子长媳的陪同下，应邀走马平山完成了一次历史的追溯。

平山县是当今闻名遐迩的红色革命旅游圣址西柏坡所在地。前来迎接我们的中山国遗址管理所所长身上透着冀中南老区农家兄弟的淳朴与炙热。由于种种原因，通向中山遗址的田间小路出人意料地泥泞坎坷人迹罕至，仅有的一座据说是私人投建的简易陈列馆里鲜见真品，坐落在远山荒野间几堆高大的陵墓上衰草凄凄满目萧然，挖掘了一半又被长期搁置的墓室除了正在逐渐脱落的夯土层外空空如也一片狼藉。尽管如此，我们还是在两位单枪匹马的可敬的文物坚守老人——管理所所长和陈列馆馆长陪同下，从周边饰以"山"字形的围墙，气势恢弘的王譽墓坑，以及大量造型独特、结构精巧、图纹古朴的出土文物的复制品和图片等蛛丝马迹中，寻觅到了中山篆能够在出土文字中一枝独秀的答案。

2010年"马氏中山篆"经河北省文联推荐走进世博后，中山王陵遗址管理所代表平山县政府力邀先生前往书展。先生当时已经积劳成疾，他在完成了一批展品后即被送进医院，以66岁高龄接受了一次迁延已久的大手术。凤凰涅槃浴火重生，"恐年岁之不吾与"的紧迫感让他在医院的病床上开始了对《马氏中山篆书谱》的第五次修订校对。出院后另一种病的困扰日甚一日反应剧烈，先生惜时如命，发病即卧清醒即起，连续劳形书案年余后，最终于2011年11月正式封笔，一项纯属民间个体的科研课题终告结项。

"篡就前续，遂成考功。"（屈原《天问》）面对一沓厚墩墩的《书谱》文稿，作为与先生风雨同行一路走来的伴侣，我深深理解他终可告慰先父的释然。回首马氏父子两代人近三十年如一日，前仆后继呕心沥血韦编三绝的甘苦历程，不禁感慨万千兴然命笔：

也知此去万事空，但悲不了中山情。
沧海月下明珠泪，沉沙夜半折戟声。
夹藏殷殷浸苦意，千字匆匆见叮咛。
自此天涯荆棘路，彳亍独步待儿行。

东瀛归来书屋空，孤灯绰绰思背影。
陋室高悬仰明月，手泽平铺沐清风。
几回梦里话书谱，数度纸上议谬正。
马篆饮誉世博日，香醇一樽慰家翁。

一份水乳交融的父子深情，让505个几被历史尘埃湮没的中山出土文字获得了新的生命。作为一种兴亡继绝的新书体，身世蹉跎面孔别样的"马氏中山篆"虽"策蹇步于利足之途"，却幸蒙多方垂青。从此，它将与自己的创拓者一起满怀感恩与敬畏，等待接受书界方家的检阅，接受书法艺术爱好者的检阅，接受历史的检阅。

2011 年
南通　马氏墨庄芳草园

2012 年　修订
马氏墨庄芳草园

本文部分刊载于
2011 年 4 月 6 日　《人民日报海外版·人民书画艺术网》

附记

《马氏中山篆书谱》付梓
系由二子马骥、马骁出资。

多余的话
——马氏中山篆书谱后记二

名不正则言不顺,守慎正名。这是沉潜于中山铭文研究近 30 年的马氏父子不能回避的一个问题。可以毫不过分地说,谨慎、较真,是马氏父子性格中的共性。马氏家族将"中山三器"上的铭文书体(不重复者 414 字)命名为"中山篆",将父子二人依据中山王譻墓全部出土文字(含三器、兆域图、杂器不重复者505字)扩展而成的5000余书法用字命名为"马氏中山篆",是他们深思熟虑后的审慎抉择。

马氏父子首先根据小篆亦称"秦篆"的先例,于1985年将三器铭文命名为"中山篆",并使用于自己的早期作品。对此,原中山国遗址文物陈列馆馆长章永义(剑)先生在博文中有如下评介:

> 中山三器的文字是介乎周金文与秦小篆之间的过渡文字,在中国书法史上占重要地位,但无论考古界或书法界对此都缺乏足够认识,研究者稀少。……"中山篆"并不是书法界公认的文字,该称谓只见于陕西师范大学马歌东教授的研究。

时至今日,对这种文字感兴趣甚至书写者已不鲜见,"中山篆"这个让人眼前一亮的称谓,也随之在不经意间为包括专门家在内的大众所接受甚至沿用。可是,马氏家族对章馆长的提法却并不敢贸然领受，因为最先为之命名者究竟姓甚名谁，有待历史进一步考证、定论。

问题在易于发生异议的后者——"马氏中山篆"。

随着2009年《马氏中山篆作品集》的出版，特别是2010年上海世博会上马歌东一幅大中堂的登场亮相，"马氏中山篆"这个让人为之一怔的称谓频频显现媒体，甚至出现在一些颇有影响的重要新闻媒体上。"马氏中山篆"与"中山篆"究竟异同何处，区别"马氏中山篆"与"中山篆"命名的理由及动因，都成了研创者细述的必要。

如前所述，"马氏中山篆"系指马氏父子依据中山王𰯼墓出土文字扩展而成的5000余书法用字。就渊源而言，毋庸置疑，它们来自并包括了原始出土文字——"中山篆"，可就数量而言，它已经较之"中山篆"有了十倍的扩充。

4500余被扩充的文字，是作者遵循"中山篆"艺术特色和全部出土文字部件，以"六书"为原则，在《说文解字》《战国古文字典》《殷周金文集录》《古文字类编》

《古文字谱》《甲骨文字典》《甲金篆隶大字典》《金文编》《金石大字典》《篆刻大字典》《中国异体字大系·篆书编》《西周青铜器铭文分代史征》《中山王䥑器文字编》《康熙字典》等十余部厚重的工具书中，在复杂的文字发展流变史迹中，多角度爬罗剔抉求证组拼后，对中山文化遗产的再创造。就此而言，"马氏中山篆"已然是"中山篆"的一个衍生群落。此其一也。

马氏父子认为：三器铭文美则美矣，作为书法用字则难尽如人意。因直接契刻于青铜器，其笔画起止锋芒毕露，且太过流畅纤细，抑制了形体的想象及情绪的宣泄，缺少了斑驳陆离的沧桑意境。故而对其形体风格进行脱胎换骨的大胆变革，是马氏家族将其引入书法殿堂的良苦用心所在。只要稍加注意就不难发现，"马氏中山篆"较之"中山篆"拓片，已经具有了自己独特的个性变化。

同为楷书，因风格各异产生了所谓颜、柳、欧、赵流派，派生于"中山篆"的"马氏中山篆"，从量变到形变，完成了实质上的内化，冠以自己的姓氏，也是循规蹈矩之举。此其二也。

特别需要强调的是，不能不将两者加以区别的必要性：

从1984年起步，到2016年《马氏中山篆字源考辨》出版，6稿结项，历时32载，成就不大，费劲不小，求的就是"严谨"二字，总想将这项纯民间的个体的课题研究，遗憾减到最小最小。

时下，"中山篆"书作时有所见。2017年河北省中山国文化研究会举办的"中山篆书法篆刻邀请展"可谓集大成：海内外高手云聚，声势浩大，盛况空前。马氏虽因故未能应邀赴会，但始终网络关注这一盛事。

乍一看，展品风格大体类似，细细领略，则其中超出505个原出土文字范围需要创补的新字，字体结构不尽相同，呈现百花齐放、百家争鸣、各显千秋态势；更有置原出土文字于不用，而择小篆者，其邀请展请柬中的"法"字即为典型。凡此种种现象，本为当今篆字创补所常见，不足为奇。只是"马氏中山篆"展品与诸书法大家之杰作相比较，因所择路径不一，故而书体风格、字体结构，特别是择字原则（在原出土文字不足的基础上创补），都有明显差异。

如此，作者当初将自己依然难免遗憾的创作命名为"马氏中山篆"，一为规避"以偏概全"，二为"文责自负"。时隔数年，其意义所在，不言自明。

更有甚者，未破土的中山诸王陵中尚有无中山文字？若有，马氏父子的4500余再造字与它们是否有悖？均未可知。为长远计，不加以区别，一股脑儿地把自己创补的新字统称为"中山篆"，便有冒犯之虞，"鱼目混珠"之嫌。这绝对有违于一个治学者应有的严谨。是故赋再造字以"马氏"专用标签，是对文化遗产的敬畏，也是对自己的负责。此其三也。

此外是私家情感问题。由5000余"马氏中山篆"编纂而成的《马氏中山篆书谱》，是马氏父子两代近30年薪火相传五易其稿的心血之作。当其终可面世之际，马老可仲先生早已作古20余年。手泽如故，而墓木已拱。冠名"马氏中山篆"，是对逝者的深切缅怀，也是对其成就的肯定。

以上"马氏中山篆"命名之原委,成立与否,有待岁月。

2012 年
南通　马氏墨庄芳草园

2018 年补充修改
杭州

一个偶然的传奇
——马氏中山篆字源考辨后记

　　30年前的1984年,一位古稀老人在新华书店的书海里邂逅了一本中山古国出土文字资料,怦然心动,从此开始了对这种文字的研究与创拓,不舍昼夜——那是一个故事的发端,纯属偶然。1991年,儿子在父亲没用完的宣纸里发现了夹藏其中的一幅完成了的马氏中山篆《千字文》遗作,感慨万千,开始了一场家族事业的郑重接交——那是那个偶然故事的继续。2015年,一部《马氏中山篆字源考辨》继《马氏中山篆作品集》和《马氏中山篆书谱》之后面世,此时也已迈入古稀的儿子为那个演绎了十倍于《一千零一夜》的故事画了一个圈——这便是那个偶然故事的收尾。

如果没有上世纪70年代农民兄弟耕作中的一锄,如果没有那位老学人紧随其后的书店邂逅,如果没有不知情的母亲对那卷宣纸的无意传递,如果没有马氏中山篆初出茅庐接踵而来的一系列幸遇,一种沉睡于地下2280余年的505个古老文字,势必不会派生出一部比较系统比较完整的书法用字书谱和一部有案可稽的学术考辨,不会让今天的我们面对一种锈迹斑斑的古老文字,跨越时空,与书法先贤进行一场会心畅意绵长深入的学问探讨,不会演绎出一个两代学人愚公移山的故事。

马氏中山篆从孕育,到诞生,到自成一体,一连串可遇而不可求的偶然如影随形,适时适地有条不紊地次第迸出，又缺一不可，您能说它不是个传奇吗？

业已行世的《作品集》和《书谱》里曾经详述了这种书法用字的前世今生以及它的命名原委，今天，只说这套丛书第三部——《考辨》的生成。

诚所谓有其父必有其子。做儿子的和父亲一样，身上都天生一种行不逾矩甚至近乎迂腐的秉性与执拗。而这位儿子，"中朝无缌麻之亲，达官无半面之旧，策蹇步于利足之途，张空拳于战文之场"，却能自接过父亲未竟事业之日起，一路艰辛一路侥幸，一路舍弃一路收获，一直走到现在而小有所得，若非有幸运之神频频垂顾，谈何容易！熟识的同仁对他多有"好命"之说，想来此言不虚。

"好命"表现在哪里呢？于上苍，如有神助；于人间，则是诸多灵犀相通的伯乐们实实在在的伸手。

天上的事我们搞不明白，而人间却复杂得多。

可马氏中山篆实在是太幸运了，在它初出茅庐渐为人知的过程中，遇到了人世间的一种大爱：有这样一群人，他们大多与创作者素昧平生，有的甚至至今尚无缘谋面，却出于促进传统文化创新的自觉与责任感，对这种突然显现，尚未被社会普遍认可的新生事物，一旦认准，即有动于衷，恐恐然惟惧其"解箨新篁不自持"，继而置一己之得失于不顾，或仗义执言扬其名于媒体，助其力于业内，或力排众议决策于高层，表态于坊间：郑欣淼、赵景之、阎纲、柯文辉、张颔、阎庆生、文占绅……于今之世，能若是，难能可贵，足以为贤达！

正是他们这种弥足珍贵的勇于担当，让创作者在感念的同时，心生一份深深的不安和歉意。如普罗米修斯手中不灭的火种，让征人始终激情燃烧；如一种沉重的负债，使拓荒者不敢中途有半点懈怠。如果说马氏中山篆研究的坚持发轫于一个儿子对父亲的至爱与追思，那么《马氏中山篆字源考辨》，则完全是在上述"输不起"的心境下起步和完成的。

"输不起"，成了一种使命。

特别是在扑面而来的厚爱中，著名文学评论家、作家阎纲先生的一句肯定，让事中人如醍醐灌顶，惊心动魄，隐隐然从它的背面窥到了一种"被输"的危机——"只要你推翻不了它，它就会引来世界的眼球"。

不用说，"引来世界的眼球"仅仅是一位长者的美好祝愿，可望而不可即，尽管马氏中山篆已经有幸在2010年的上海世界博览会上小荷初露。真正让人提起来放不下寝食难安的是"推翻"二字，而这种推翻，甚至可以是对其生成基础的一句轻声质疑。

任何一项科研首创都必须经过专业权威的求证与认可。可遗憾的是，较之一些关乎国计民生的宏图大业，马氏中山篆这项纯个人的自拟课题的文化探索，题目实在太小太小，小到可有可无，"求证"起来却太过繁琐、耗时、费力，难免不让权威专门家对它望而却步。

而"求证"，注定是马氏中山篆的生命线。

遥想当初先生碍于任务过重而年事渐高，深恐像父亲那样搁置事业于半途，提前依次出版了《作品集》和《书谱》。如今天佑假年，回过头去打开已经被束之高阁的五部陈年手稿，整理编纂，解析篆体的族群密码，以1加1等于2，便捷直观一目了然的逻辑推理"自证"，为读者呈献一部使疑之者释、习之者便、爱之者安的《马氏中山篆字源考辨》，势在必行。

自证，难免有不足为人信的嫌疑，但先生说：日本学者做学术论文，其选题虽鸿篇大论者少，具体细微者多，然推理谨严，论据充分，条分缕析，一丝不苟，建立在翔实资料考辨基础上的结论，往往令人信服，也不乏探得骊珠者。我虽不是古文字学术权威，但身为古代文学博士生导师，知道学问应该怎么做，以日本同行的精神，用30年时间，成就马氏中山篆研究这篇"博士论文"，或可胜任。

实际上一经动手便引起呼应。当先生不断把梳理出的考辨作品一篇篇上传网络后，回响便接踵而来，赞许之词虽不须一提，却可以真切地感受到读者朋友的渴求与此举的不可或缺，且不说中间还生发了一些未曾谋面却真诚温暖的问答互动，颇似一次历时一年的远程教学，一路陪伴，一路相长，生动活泼。这种把着读者脉搏的有的放矢，同样让创作者获益良多。

促进这部书完成的还有时常在眼前闪现的，章永义、黄军虎、艾文礼、李卫东、赵熊、石萍、赵雯、吕辉、李树森、续文利、王钦仁、朱自奋、彭明榜、蔡劲松、李钊平、杨柳、赵银芳、李俊、李宗嗣、杨庆化、邓高峰、施泉、蒋海东、李可芹、陈帧等一张张诚挚热情的面容，以及他们在不同时间、不同地点、不同领域为马氏中山篆忙碌的每一个身影；还有为马氏中山篆联合举办书展的中国青年出版总社、北京航空航天大学、陕西师范大学，收藏《作品集》和《书谱》的国家图书馆，以及光临书展的垂览者们挥洒在《留言簿》上的滚烫话语；还有《新华文摘》《中国日报》《中国新闻出版报》《中国艺术报》《中国青年报》《光明日报》《文汇读书周报》《青年文摘》《河北日报》《石家庄日报》《开封日报》《教师报》《美术报》《三秦书画》，新华网、人民网、人民日报海外版·人民书画艺术网、中国报道网、中国广播网、凤凰网、光明网，河北卫视台、南通电视台等等媒体及媒体人的支持。

"偏师借重黄公略。"有人说，马氏中山篆是马氏父子两代人的心血之作，此言确乎不差，但是，离开了上述感人至深的厚赐，马氏中山篆这套丛书也许会止步于其《作品集》，也许会止步于其《书谱》，至少不会再产生这部《考辨》。所以，在此马氏中山篆三部丛书即将封笔之际，涌动在我们内心的，依旧是不尽的敬畏与感恩：对上苍，对人类文明史，对传统文化遗产，对所有热心于马氏中山篆的人和单位，深深地。

在结束这篇小文的时候，一曲《布列瑟农》若隐若现萦绕于耳，不禁愀然，那旷远、缠绵、怅然若失的旋律对已往的不舍与无奈，是那样的动人心弦。30年弹指一挥，多少如昨往事，俯仰之间物是人非皆为陈迹，更遑论其中承载了太过沉重太过复杂的情感：马氏父子原本都惯于书斋之宁静，闲云之舒卷，只因与中山铭文的一个偶然改变了他们生命的轨迹，身不由己，由兴趣，到责任，到执着，以至与之生死相依。"云无心以出岫"，天意使然，知之罪之，不敢辞责。

谨以此曲献给您，马氏中山篆的奠基者，那位开始这个传奇故事的老人。

2015年

南通　马氏墨庄芳草园

附记

《马氏中山篆字源考辨》付梓系由二子马骥、马骁出资。

图书在版编目（CIP）数据

此情可待成追忆 / 张芳著. —— 北京：中国国际广播出版社，2018.12
ISBN 978-7-5078-4371-2

Ⅰ.①此… Ⅱ.①张… Ⅲ.①散文集－中国－当代 Ⅳ.①I267

中国版本图书馆CIP数据核字(2018)第254610号

此情可待成追忆

著　者	张　芳
策　划	王钦仁
责任编辑	张娟平
版式设计	尔　申
责任校对	张　娜

出版发行	中国国际广播出版社[010-83139469　010-83139489（传真）]
社　址	北京市西城区天宁寺前街2号北院A座一层 邮编：100055
网　址	www.chirp.com.cn
经　销	新华书店
印　刷	北京富诚彩色印刷有限公司

开　本	710×1000　1/16
字　数	100千字
印　张	15
版　次	2018年12月　北京第一版
印　次	2018年12月　第一次印刷
定　价	68.00元

版权所有
盗版必究